普及类古籍整理图书专项资助项目

# 明清散文精选

郭预衡 编选

凤凰出版社

图书在版编目（CIP）数据

明清散文精选 / 郭预衡编选. -- 南京 : 凤凰出版社，2018.3（2023.4重印）
（名家视角丛书）
ISBN 978-7-5506-2723-9

Ⅰ. ①明… Ⅱ. ①郭… Ⅲ. ①古典散文－散文集－中国－明清时代 Ⅳ. ①I264

中国版本图书馆CIP数据核字(2018)第036083号

ISBN 978-7-5506-2723-9

01>

9 787550 627239

| 书　　　名 | 明清散文精选 |
| 编　　　选 | 郭预衡 |
| 责 任 编 辑 | 王清溪 |
| 装 帧 设 计 | 徐　慧 |
| 出 版 发 行 | 凤凰出版社(原江苏古籍出版社) |
| | 发行部电话025-83223462 |
| 出版社地址 | 江苏省南京市中央路165号,邮编:210009 |
| 照　　　排 | 南京凯建文化发展有限公司 |
| 印　　　刷 | 苏州市越洋印刷有限公司 |
| | 江苏省苏州市吴中区南官渡路20号　邮编:215104 |
| 开　　　本 | 850毫米×1168毫米　1/32 |
| 印　　　张 | 5.875 |
| 字　　　数 | 126千字 |
| 版　　　次 | 2018年3月第1版 |
| 印　　　次 | 2023年4月第4次印刷 |
| 标 准 书 号 | ISBN 978-7-5506-2723-9 |
| 定　　　价 | 48.00元 |

(本书凡印装错误可向承印厂调换,电话:0512-68180638)

# 前　言

　　明清文学,在今天看来,小说为最;但在当时,士人所重者,仍在文章。因此,从历史上看,明清之文,不仅作者甚多,数量甚富,而且流派层出,为前代所未有。

　　当然,一般说来,明清之文,成就之高,不及先秦、汉魏、唐宋几个时代,但也自有特点,不可一概而论。

　　以明代而言,在不同的历史阶段,便产生了多种多样的文章。

　　例如开国之初,大乱始平,人心思治,几个易代之际的人物,如宋濂、刘基等,都有歌颂新朝的文章。其中宋濂所作,是最有代表性的。杨维桢为《宋学士文集》作序所称道的"馆阁之文",多属这类作品。其中的《阅江楼记》,就是善歌善颂的文字。

　　这样的文章在当时是最合时宜的。虽写阅江一楼,却反映了国家初建,百废俱兴,一派兴旺发达的气象。虽属颂圣,却非凭空虚构。李慈铭说:"金华文气,从容而博大,故有明推为一代之冠。"可能即指这样的文章。当然,李慈铭又说:"然颇乏精彩,故罕警策可传诵者。"这话说得不错。自古以来,歌颂之文,精彩者本来不多,可传诵者为数亦少。宋濂此文,比较起来,尚属可读之作。此文之外,还有《秦士录》《送东阳马生序》等,也都为世所称。

　　与宋濂并称的刘基,精彩之作,是写于元末的《郁离子》。讽刺时弊,很有特色。但入明以后,所撰歌颂之文,亦乏精彩。如《甘露颂》之类，无足称者。

在宋濂、刘基之后，政治形势开始变化，大狱屡兴，人不自保。法禁日严，言路日窄，连颂圣之文也难写作。在这样的政治形势之下，便产生了台阁之文。作者有杨荣、杨溥、杨士奇等。这类文章，不仅颂圣，而且粉饰太平。黄茅白苇，更不足称。

在这以后，一些文人学者对于现实，日渐不满，对于台阁之文，亦多不满，于是产生了李梦阳、何景明等"七子"的复古之文。

"七子"在文学上主张复古，政治上反对宦官专政。复古虽流于形式，原因却在不满现实。况且，正当八股文盛行之际，提倡"文必秦汉"，使一些学子知道《四书》之外，尚有古书，八股之外，尚有古文"。这在当时，亦未可厚非。

以何景明为例，他虽有拟古之作如《敌中篇》，步趋韩非《说难》，固不足取，但他另有一些文章如《上杨邃庵书》、《上冢宰许公书》等，却既有气势，又有感情；既有辞采，又有胆识。

继"七子"之后，又有李攀龙、王世贞等后"七子"，他们主张"文必西汉"，也是提倡复古。他们的文学主张和政治倾向，也和前"七子"一样。

在后"七子"中，王世贞的著作甚富，所撰《弇州山人四部稿》为一代巨著。《四库提要》说："考自古文集之富，未有过于世贞者。其摹秦仿汉，与七子门径相同；而博综典籍，谙习掌故，则后七子不及，前七子亦不及，无论广续诸子也。"

在后"七子"之文中，王世贞的《题海天落照图后》、宗臣的《报刘一丈书》，都是有代表性的作品。

与"七子"对立的作者,有所谓"唐宋派"。所谓"唐宋派",是从嘉靖年间王慎中提倡欧、曹之文,唐顺之编选八家之文开始的,其后茅坤、归有光继起,于是形成了一个流派。

唐顺之是个"于学无所不窥"的作者。他的《答茅鹿门书》是一篇很有见解的文章,《任光禄竹溪记》也是颇为传诵的作品。

此派文章最为世称的作者是归有光。归有光为文是学《史记》的,其记叙之文如《先妣事略》、《项脊轩志》、《寒花葬志》等,最为传诵。但与此同时,他还另有一类值得重视的文章,有些关心吏治民情的文章如《送昆山县令朱侯序》、《送县大夫杨侯序》以及《长兴县编审告示》等,别有特色,从中可见他并非只是撰写家人父子之情、身边琐事的作者。

明代中叶以后,国家衰象日增,社会危机日重。加以商品经济发展,资本主义萌芽,社会风气和社会思潮都有新的变化。这时思想界出现了李贽,文学方面则出现了公安派、竟陵派的一批作者。

公安派袁宏道兄弟三人,为文主张"独抒性灵",反对"七子"之复古拟古。明代文章至此乃发生开国以来最大的一次变化。

三袁之中,袁宏道又是成就最高、影响最大的。他为人主张"适世",为文自由潇洒。例如《雨后游六桥记》、《孤山》、《满井游记》以及一些短简、尺牍,都是闲适的作品。但他为人也非完全不问世事,例如他的《监司周公实政录序》、《送江陵周信入觐序》等,就是颇为关心世道的作品。其中有愤激,也有不平。

　　稍后于公安派的竟陵派，与公安派同样反对复古，钟惺、谭元春等作者又以"幽深孤峭"来矫公安派为文伤浅之弊。其成就不及公安，却也自有特点。

　　到了明代晚期，面临国破家亡，袁宏道等人所追求的适世之文，已经难于再写下去了。张岱生于此际，便写出了挽歌似的小品。他的《陶庵梦忆》、《西湖梦寻》等，都是这个时期的代表作。他有《自为墓志铭》一文，很能说明此时的写作背景："少为纨绔子弟，极爱繁华……年至五十，国破家亡，避迹山居。所存者破床碎几，折鼎病琴，与残书数帙，缺砚一方而已。布衣蔬食，常至断炊。回首二十年前，真如隔世。"就是在这景况之下，他写出了许多"梦忆"、"梦寻"一类的文字。

　　与张岱这类作者相反，晚明也出现了另一派用世的作者，主要有张溥、张煌言、夏完淳等。

　　张溥等人参加了现实的政治斗争，文学上反对公安派的"性灵"和"适世"。主张恢复古学，务为有用。为文力矫公安之失，而开此后"经世致用"之风。张煌言、夏完淳等从事抗战救亡，为文别具特色。

　　清初之文，是承袭了"经世致用"之风的。

　　当明清易代之际，黄宗羲、顾炎武、王夫之等，惩于明末士风、文风之弊，却讲"经世致用"。三人入清却不入仕。顾炎武跋涉山川，载书自随，自谓"九州历其七，五岳登其四"，"百家之说，粗有窥于古人；一卷之文，思有裨于天下"。所著《日知录》，学风、文风都与明季不同。至如黄宗羲的《明夷待访录》、王夫之的《读通鉴论》、《宋论》等，也都有新的时代特征。

　　但是，清代亦如明代，开国之后，政治形势亦有变化。

出于统治需要，文化专制更甚于明代。在此后的一段时期里，文字狱接连不断，为文著作，相当危险。这对于此后文章的发展变化，影响甚大。特别是戴名世的《南山集》案以后，文人秉笔，不可能再像清初那样"纵论唐宋，搜讨前明遗闻"了。

这时最合时宜的，是从方苞开始的桐城派的文章。

方苞曾因《南山集》案而牵连入狱，被释之后，"惊怖感动"，在《两朝圣恩恭纪》中说："欲效涓埃之报。"于是为文提倡"义法"，主张"阐道翼教"。他的许多文章都是在这样的思想指导之下写出来的。其中《狱中杂记》、《左忠毅公逸事》等篇，是"阐道"较少、传诵较广的文字。

在方苞之后，桐城派的另一个重要作者是刘大櫆。刘大櫆为文，主张"明义理，适世用"。这和方苞的"阐道翼教"立意相同。他又进而讲究"行文之道"，讲究"神气"，对于文章的音节字句是很下功夫的。他的文章也确有功力。

在刘大櫆之后，桐城派一个更重要的作者是姚鼐。姚鼐生当清儒考证之学甚盛之时，又当义理之学成为官方的统治思想之日，他提出义理、考证、文章三者并重；而且在刘大櫆所提的"神气"之外，又提出"神理气味，格律声色"，以及"阳刚"、"阴柔"等等，于是桐城派的文章理论乃更臻完备。他的《登泰山记》就是义理、考证、文章三者结合的典型作品。

在姚鼐以后，桐城派的作者，代有其人：方东树、管同、刘开、梅曾亮、吴敏树，以至曾国藩、薛福成、吴汝纶等，一脉相承。姚鼐在《刘海峰先生八十寿序》中曾说："天下文章，其出于桐城乎！"就占统治地位的文章而言，这话说得不错。桐城派之外，乾、嘉时期，也还有另一派作者。如恽敬、张惠言等，其为文蹊径，与桐城派颇有不同。还有几个不立宗派而为文自有特色的作者。例如郑燮，不以文名，而文章新颖。又如全祖望，虽然生在乾隆盛世，而为文却有清初之风。所撰《梅花岭记》，和方苞的《左忠毅公逸事》相比，思想和文风，都有差异。还有袁枚，为文反对桐城派，而接近公安派。再有汪中，为文上宗汉魏，愤世嫉俗，颇有冯衍、刘峻的遗风。在乾隆年间而写这样的文章，更与桐城派倾向不同了。

到了鸦片战争前后，社会发生了更新的变革，这时又出现了更新的作者。

龚自珍生当嘉庆、道光之世，为学倾向今文学派，为文参以《史》、《汉》、《庄》、《列》和佛典，更与桐城派的"义法"不同。所撰《京师乐籍说》、《病梅馆记》、《己亥六月重过扬州记》等，从思想到文风，都有崭新的时代特色。

再到清朝末年，易代之际，社会变动更大，学风变化亦大。这时又涌现了章太炎、梁启超等新一代的作者。梁启超在新的思潮影响下，创为新体文章，更彻底地打破了桐城"义法"。"纵笔所至不检束"，"笔锋常带情感"，文风为之大变。

当然，文章更为彻底的变化，是在辛亥革命之后。此是后话，这里不多说了。

# 目 录

# 宋　濂(1310—1381)

字景濂,号潜溪,浦江(今浙江义乌)人。曾受学于元末吴莱、柳贯、黄溍等,隐居著书。明初,应聘任江南儒学提举,历官翰林院学士、礼部主事等。晚年辞官。因长孙列入胡惟庸党,濂被贬茂州,死于途中。濂为明初文章大家,"雍容浑穆",为世所称。著有《宋学士文集》等。

## 阅江楼记①

金陵为帝王之州,②自六朝迄于南唐,类皆偏据一方,无以应山川之王气。③逮我皇帝,定鼎于兹,④始足以当之。由是声教所暨,⑤罔间朔南;⑥存神穆清,⑦与道同体。虽一豫一游,⑧亦思为天下后世法。

京城之西北有狮子山,⑨自卢龙蜿蜒而来。⑩长江如虹贯,蟠绕其下。上以其地雄胜,诏建楼于巅,与民同游观之乐。遂锡嘉名为"阅江"云。⑪

登览之顷,万象森列,千载之秘,一旦轩露。岂非天造地设以俟大一统之君,⑫而开千万世之伟观者欤?

当风日清美,法驾幸临,⑬升其崇椒,⑭凭阑遥瞩,必悠然而动遐思。见江汉之朝宗,⑮诸侯之述职,城池之高深,关厄之严固,⑯必曰:"此朕沐风栉雨、⑰战胜攻取之所致也。"中夏之广,⑱益思有以保之。见波涛之浩荡,风帆之下上,番舶接迹而来庭,蛮琛联肩而入贡,⑲必曰:

"此朕德绥威服,覃及外内之所及也。"㉒四陲之远,㉑益思有以柔之。㉒见两岸之间、四郊之上,耕人有炙肤皲足之烦,㉓农女有捋桑行馌之勤,㉔必曰:"此朕拔诸水火、而登于衽席者也。"万方之民,益思有以安之。触类而推,不一而足。臣知斯楼之建,皇上所以发舒精神,因物兴感,无不寓其致治之思,奚止阅夫长江而已哉?

彼临春、结绮,㉕非弗华矣;齐云、落星,㉖非不高矣。不过乐管弦之淫响,藏燕赵之艳姬。一旋踵间而感慨系之,臣不知其为何说也。虽然,长江发源岷山,委蛇七千余里而始入海,㉗白涌碧翻,六朝之时,往往倚之为天堑;㉘今则南北一家,视为安流,无所事乎战争矣。然则,果谁之力欤?逢掖之士,㉙有登斯楼而阅斯江者,当思帝德如天,荡荡难名,与神禹疏凿之功同一罔极。㉚忠君报上之心,其有不油然而兴者耶?

臣不敏,奉旨撰记,欲上推宵旰图治之切者,㉛勒诸贞珉。㉜他若留连光景之辞,皆略而不陈,惧亵也。㉝

**【注释】**

①本篇选自《宋学士文集·銮坡集》卷十。为应制之作。②金陵:今南京市。原战国楚地,明太祖建都于此,改称南京。③王气:指帝王成功创业的祥瑞之气。　④定鼎:指定都。史称禹铸九鼎,夏商周三代皆以为传国之宝,视为国祚的象征。⑤暨:至。　⑥罔间朔南:不分南北。　⑦存神:存其精神。即下文"发舒精神"之意。穆清:指天。连下句是说皇帝存养精神,与天道一致。　⑧一豫一游:指巡游。《孟子·梁惠王下》:"夏谚曰:吾王不游,吾何以休;吾王不豫,吾何以助。"　⑨狮子山:在南京市内。　⑩卢龙:卢龙山在今江苏南京市江宁区西

北。　⑪锡：赐。　⑫大一统之君：此指明太祖朱元璋。
⑬法驾：皇帝的车驾，亦称法车。　⑭椒：山椒，即山顶。
⑮江汉之朝宗：《尚书·禹贡》："江汉朝宗于海。"百川以海为
宗，故云。又指诸侯朝见帝王。下句"诸侯之述职"，与此意同。
述职犹今所谓"汇报工作"。　⑯厄：险固之地。关厄连用，指
关塞。《史记·秦始皇本纪》："闭关据厄。"　⑰沐风栉雨：即栉
风沐雨。　⑱中夏：此指全国地域。　⑲蛮：古称南方民族。
琛（chēn）：珍宝，此指贡品。　⑳罩：延。　㉑陲：边陲。
㉒柔：怀柔。　㉓皲（jūn）：手足皮肤冻裂。　㉔捋（luō）：采。
本作"将"，据四库本《文宪集》改。馌（yè）：给田里耕作的人送
饭。　㉕临春、结绮：皆阁名。南朝陈后主建临春、结绮、望春
三阁，自居临春，张贵妃居结绮，龚、孔二贵嫔居望春，均有复道
交相往来。　㉖齐云：楼名，唐曹恭王所建。元末朱元璋攻克
平城，张士诚群妾焚死于此。落星：亦楼名，三国吴嘉禾元年所
建。二楼故址均在江苏。　㉗委蛇：或作逶迤，连绵曲折之状。
㉘天堑（qiàn）：天然的堑坑。南朝诸国曾以长江为天然险阻。
㉙逢掖：宽袖之衣，古代儒者所服。　㉚神禹疏凿之功：指禹治
水之功。　㉛宵旰（gàn）：宵衣旰食，早起晚食，指勤于政务。
㉜勒：刻。贞珉：指碑石。　㉝亵：秽，此指有失典雅。


**【品评】**

　　《明史·宋濂传》称宋濂："为文醇深演迤，与古作者并。在
朝，郊社宗庙山川百神之典，朝会宴享律历衣冠之制，四裔贡赋
赏劳之仪，旁及元勋巨卿碑记刻石之辞，咸以委濂，屡推为开国
文臣之首。"作为一代"开国文臣之首"，宋濂曾经奉旨写过许多
文章。《阅江楼记》是其中著名的一篇。

　　作为楼阁之记，写法本来不拘一格，但应制之作，则不免歌
功颂德。尤其是作者秉笔之时，正当明朝开国之初，其歌颂新
朝，自当不遗余力。

　　文章从山川王气写起,歌颂朱元璋开国定鼎之功,从而指出,天下一统,不同于南朝之偏据一隅;其起建"阅江"一楼,亦不同于前朝之耽于游观。一豫一游,不忘与民同乐。

　　文章设想皇帝登楼,必然产生三种"遐想",一是看到"中夏之广",必然"益思有以保之"。二是看到"四陲之远",必然"益思有以柔之"。三是看到"万方之民",必然"益思有以安之"。总之,"因物兴感",并非流连光景,"无不寓其致治之思"。

　　在这以下,又联想到古来的临春、结绮、齐云、落星诸楼,虽极一时之盛,而转瞬之间,却不免"感慨系之"。历史垂戒如此,亦值得深思。

　　文章主要是歌功颂德的,但字里行间又寓有规讽之意,庄重典雅,委婉含蓄,是一篇写得颇为得体的应制文字。宋濂在明初作者中,号称"开国派",这样的文章也可以说是"开国派"的典型作品。


# 送东阳马生序①


　　余幼时即嗜学,家贫,无从致书以观;②每假借于藏书之家,手自笔录,计日以还。天大寒,砚冰坚,手指不可屈伸,弗之怠。录毕,走送之,不敢稍逾约。以是人多以书假余,余因得遍观群书。既加冠,③益慕圣贤之道,又患无硕师、名人与游,④尝趋百里外,从乡之先达执经叩问。⑤先达德隆望尊,门人弟子填其室,未尝稍降辞色。⑥余立侍左右,援疑质理,⑦俯身倾耳以请。或遇其叱咄,⑧色愈恭,礼愈至,不敢出一言以复;俟其欣悦,则又请焉。故余虽愚,卒获有所闻。

当余之从师也，负箧曳屣，[9]行深山巨谷中，穷冬烈风，大雪深数尺，足肤皲裂而不知。至舍，四肢僵劲不能动。媵人持汤沃灌，[10]以衾拥覆，久而乃和。寓逆旅主人，[11]日再食，无鲜肥滋味之享。同舍生皆被绮绣，戴朱缨宝饰之帽，腰白玉之环，左佩刀，右备容臭，[12]烨然若神人。[13]余则缊袍敝衣处其间，[14]略无慕艳意。以中有足乐者，不知口体之奉不若人也。[15]盖余之勤且艰若此。今虽耄老，[16]未有所成，犹幸预君子之列，[17]而承天子之宠光，缀公卿之后，[18]日侍坐，备顾问；四海亦谬称其氏名，况才之过于余者乎？

今诸生学于太学，[19]县官日有廪稍之供，[20]父母岁有裘葛之遗，[21]无冻馁之患矣，坐大厦之下而诵《诗》《书》，无奔走之劳矣；有司业、博士为之师，[22]未有问而不告、求而不得者也；凡所宜有之书，皆集于此，不必若余之手录、假诸人而后见也。其业有不精、德有不成者，非天质之卑，[23]则心不若余之专耳，岂他人之过哉？

东阳马生君则，在太学已二年，流辈甚称其贤，[24]余朝京师，生以乡人子谒余，撰长书以为贽，[25]辞甚畅达；与之论辩，言和而色夷；自谓少时用心于学甚劳，是可谓善学者矣。其将归见其亲也，余故道为学之难以告之。谓余勉乡人以学者，余之志也；诋我夸际遇之盛而骄乡人者，[26]岂知余者哉！

**【注释】**

①本篇选自《宋学士文集·朝京稿》卷三。东阳：旧县名，今属浙江。马生，名君则。这是一篇赠序，写于洪武十一年（1378）。洪武十年，宋濂告老回乡，翌年又到南京入朝。马生

拜访他,因其还乡,为文以赠。　②致:求得。　③加冠:指二十岁。古时男二十岁举行冠礼。　④硕师:大师。　⑤先达:有名望的前辈。　⑥降辞色:降低威严。辞,言语。色,脸色。⑦援疑质理:提疑难问题,质询道理。　⑧叱咄(duō):斥责。⑨负箧(qiè)曳屣(xǐ):背着箱子,拖着鞋子。　⑩媵(yìng)人:此指女仆。汤:热水。沃灌:此指盥洗。　⑪寓逆旅主人:住客舍主人家。　⑫容臭:香物,即香囊。　⑬烨(yè)然:形容有光彩。　⑭缊(yùn)袍:麻絮之袍。　⑮口体之奉:指衣食享用。⑯耄(mào)老:衰老。古人谓七十或八十、九十为耄。宋濂时年六十九。　⑰预君子之列:参预官员的行列。指有官位。⑱缀:此指跟随。　⑲太学:此指国子监。　⑳县官:此指朝廷。廪稍之供:官方供给的伙食费用。　㉑裘葛之遗(wèi):送给冬夏的衣服。裘,指皮衣。葛,指布衣。　㉒司业、博士:国子监司业,国子博士。　㉓天质:天资。　㉔流辈:同辈。　㉕长书:长信。贽:见面礼物。　㉖际遇之盛:即指官位之盛。

【品评】

赠序之文,唐时始盛,李白、任华,都有佳篇。至韩愈而更多变化。文虽一体,而写法不一。

宋濂此文,作为赠序,不叙交往,也不叙离合,而是从自己幼年读书说起,将读书求学的过程叙述得相当详细,有如"自传"文字。诸如幼时嗜学之笃,求师之难,问学之恭,力学之勤,以及上学之苦,不仅写得详细,而且生动具体。赠序于人,不谈其人,却先说自己,这一写法,是不同一般的。

文章先讲自己过去求学之艰苦,后讲今日"学于太学"之优越,这样的行文结构,是有匠心的。两相对比,不假说教,而全用事实,这对马生之启发教育,是比高谈道理更有说服力量的。

再说,对于马生,宋濂也是一位"乡之先达"。当初宋濂向"乡之先达"求教之时,"先达德隆望尊","未尝稍降辞色",而今宋濂对于马生这个后进晚辈,却如此谦和,谆谆诱导,这不能不使马生感到格外亲切。

　　这篇文章写于明初天下承平之日,作者一生踌躇志满之时,故写得雍容典雅,温厚和平。明初"盛世之音",此文亦可为例。

# 刘　基(1311—1376)

字伯温,处州青田(今属浙江)人。元末进士,曾任县丞、儒学提举等地方官职,后弃官隐居青田山中。明太祖朱元璋用为谋臣,封诚意伯。为宰相胡惟庸所谮,忧愤而死。刘基生当易代之际,文风颇有特点。著有《诚意伯文集》。

## 狙　公①

楚有养狙以为生者,楚人谓之狙公。旦日,必部分众狙于庭,②使老狙率以之山中,求草木之实,赋什一以自奉。③或不给,则加鞭棰焉。④群狙皆畏苦之,弗敢违也。

一日,有小狙谓众狙曰:“山之果,公所树欤?”曰:“否也,天生也。”曰:“非公不得而取欤?”曰:“否也,皆得而取也。”曰:“然则吾何假于彼而为之役乎?”⑤言未既,⑥众狙皆寤。⑦

其夕,相与伺狙公之寝,破栅毁柙,⑧取其积,相携而入于林中,不复归。狙公卒馁而死。⑨

郁离子曰:⑩“世有以术使民而无道揆者,⑪其如狙公乎?惟其昏而未觉也;一旦有开之,⑫其术穷矣。”

**【注释】**

①本篇选自《诚意伯文集》卷二,为《郁离子·瞽聩》之一节。标题为编者所加。狙(jū):猕猴。　②部分:此处指分派。③赋什一以自奉:抽取十分之一归自己享用。　④棰(chuí):鞭打。　⑤假于彼而为之役:依靠他而被他役使。　⑥既:已,完。　⑦寤:同悟。　⑧柙(xiá):槛,笼。　⑨馁(něi):饥饿。⑩郁离子:刘基于元末隐居时别号。　⑪术:权术。道揆:道术、法度。　⑫开:此处指启发。

**【品评】**

这是一篇寓言故事。刘基在元末隐居著书,多所讽谕。《郁离子》一书,讽谕时事,揭露现实,颇有深度。本文通过狙公养狙的故事,说明狙公不劳而获,虐使众狙,而一旦众狙觉悟,狙公也就不免饿死。所谓“养狙”,实指“牧民”;所言“狙公”,实指“以术使民而无道揆者”。这是明显的。

关于狙公的寓言故事,《庄子·齐物论》和《列子·黄帝篇》都有记载。《庄子》云:“狙公赋芧,曰:‘朝三而暮四。’众狙皆怒。曰:‘然则朝四而暮三。’众狙皆悦。”《列子》于叙述故事之外,附评云:“圣人以智笼群愚,亦犹狙公之以智笼众狙也。”这样的寓言,历来传诵。刘基此文,显有所承。但庄、列所述,旨在警戒世之使民者:如果“以术使民而无道揆”,则一旦民有觉悟,就会起而造反。

这样的文章显然比前代的寓言有所发展。其思想深度不仅超过了《庄子》、《列子》,在历代同类作品中也是少见的。这同作者生当元末易代之际很有关系,狙之觉悟正是民之觉悟的反映。而且,写众狙之怒,乃由一小狙之启发,构思亦甚新颖,与传统之见不同。

# 卖柑者言①

　　杭有卖果者,善藏柑,涉寒暑不溃,②出之煜然,③玉质而金色。置于市,贾十倍,④人争鬻之,⑤予贸得其一。⑥剖之,如有烟扑口鼻,视其中,则干若败絮。⑦予怪而问之曰:"若所市于人者,⑧将以实笾豆、奉祭祀、供宾客乎?⑨将炫外以惑愚瞽也?⑩甚矣哉,为欺也!"卖者笑曰:"吾业是有年矣,⑪吾赖是以食吾躯。⑫吾售之,人取之,未尝有言,而独不足子所乎?⑬世之为欺者不寡矣,而独我也乎? 吾子未之思也。⑭今夫佩虎符、坐皋比者,⑮洸洸乎干城之具也,⑯果能授孙吴之略耶?⑰峨大冠、拖长绅者,⑱昂昂乎庙堂之器也,⑲果能建伊皋之业耶?⑳盗起而不知御,民困而不知救,吏奸而不知禁,法斁而不知理,㉑坐糜廪粟而不知耻。㉒观其坐高堂、骑大马、醉醇醲而饫肥鲜者,㉓孰不巍巍乎可畏、赫赫乎可象也,㉔又何往而不金玉其外、败絮其中也哉? 今子是之不察,㉕而以察吾柑!"予默然无以应。退而思其言,类东方生滑稽之流,㉖岂其忿世嫉邪者耶? 而托于柑以讽耶?

**【注释】**

　　①本篇选自《诚意伯文集》卷七。　②涉:经过。　③出之:取出(柑)来。煜然:光润貌。　④贾:同价。　⑤鬻:买。⑥贸:买。　⑦败絮:破旧的绵絮。　⑧若:你。市:卖。⑨实:充,装。笾豆:合指供祭祀宴会用的食具。笾用竹制,豆用木制。　⑩炫:夸耀。外:外表。瞽:此指无识别能力者。

⑪业：从事于。是：此。 ⑫食（sì）：饲养。 ⑬足：满足。子所：您的需求。 ⑭吾子：您。 ⑮佩虎符、坐皋比（pí）者：指武官。虎符，兵符。皋比，披在坐椅上的虎皮。 ⑯洸洸（guāng）：形容威武。干城：捍卫都城，即保卫国家。具：才具。 ⑰孙吴：孙膑、吴起。略：战略，兵法。 ⑱峨大冠：戴着高帽。拖长绅：垂着腰带。指文官的服装。 ⑲昂昂：趾高气扬貌。庙堂：指朝廷。器：材具。 ⑳伊皋：伊尹和皋陶（yáo）。伊尹，商汤之相；皋陶，舜之法官。 ㉑斁（dù）：败坏。 ㉒糜：浪费。廪（lǐn）粟：俸米。 ㉓醇酿（nóng）：味厚的美酒。饫（yù）：饱食。 ㉔巍巍：高大。赫赫：显耀。象：效法。 ㉕是之不察：不察看这些人。 ㉖东方生：东方朔。汉武帝时人。为人滑稽多智，善于讽谏，生平事迹载于《史记·滑稽列传》。

**【品评】**

　　这是一篇讽谕杂文。文章通过一个卖柑者的言论，讽刺武将文臣的"金玉其外，败絮其中"，揭露了元代上层社会的一个突出的现象。此文写于元末，当时的统治阶层，已经日趋腐朽，作者认为这些达官贵人都是"世之为欺者"。篇末谓卖柑者"愤世嫉邪"、"托于柑以讽"，其实正是作者"夫子自道"。

　　作者的讽刺矛头指向文臣武将，以为他们"佩虎符，坐皋比"，却不是"干城之具"；"峨大冠，拖长绅"，却不是"庙堂之器"。作者所称赞的是孙膑、吴起那样的国之干城，伊尹、皋陶那样的贤臣贤相。希望文臣武将能够为朝廷效劳尽力，而不要虚有其表、名实不副。这是处于王朝衰世的一种拨乱反正的幻想，目的是挽救王朝的衰微、维扩王朝的统治。

　　作者通过卖柑者的言论，对于"金玉其外，败絮其中"这种欺人现象进行了广泛的讥讽，发泄了极深的愤慨和不平。但作者对于世风世态虽多有不满，而对于人情世故却似参得未透。其实，从历史上看，在中国长期的封建社会中，名实相副的事物本来不多,上层统治者之欺人欺世,历代皆然。作者如此"忿世嫉邪",可能还是阅世未深、见邪未惯的缘故。当然,文章是写得有声有色的。其讽刺的锋芒,颇似唐末的杂文小品。衰世之文,往往如此。

# 方孝孺（1357—1402）

字希直，一字希古。有学舍曰"正学"，世称"正学先生"。宁海（今浙江象山）人。宋濂的弟子。建文时为侍讲学士。燕王朱棣夺取建文政权，命他起草诏书，他投笔而骂，因而被杀。为学号称"醇正"，为文"纵横豪放"。著有《逊志斋集》。

## 越　巫①

越巫自诡善驱鬼物。②人病，立坛场，③鸣角振铃，④跳踯叫呼，为胡旋舞，⑤禳之。⑥病幸已，馔酒食，⑦持其赀去。⑧死则诿以他故，⑨终不自信其术之妄。恒夸人曰："我善治鬼，鬼莫敢我抗。"

恶少年愠其诞，⑩伺其夜归，⑪分五六人，栖道旁木上，相去各里所，⑫候巫过，下砂石击之。巫以为真鬼也，即旋其角，⑬且角且走。⑭心大骇，首岑岑加重，⑮行不知足所在。稍前，骇颇定，木间砂乱下如初；又旋而角，角不能成音，走愈急，复至前，复如初，手栗气慑不能角；⑯角坠，振其铃，既而铃坠，惟大叫以行。行闻履声及叶鸣、谷响，亦皆以为鬼，号求救于人，甚哀。夜半，抵家，大哭叩门。其妻问故，舌缩不能言，惟指床曰："亟扶吾寝，吾遇鬼，今死矣！"扶至床，胆裂，死，肤色如蓝。⑰巫至死，不知其非鬼。

**【注释】**

①本篇选自《逊志斋集》卷六。越:古地名,在今浙江省一带。巫:此指以术降神、为人驱鬼治病的巫师。　②自诡:自己诈称。鬼物:鬼怪。　③坛场:高台广场。　④鸣角振铃:吹角摇铃。　⑤胡旋舞:唐时自西域传来的一种舞蹈,见《乐府杂录》。　⑥禳(ráng):禳灾,向神祈求免除灾祸。　⑦馈酒食:安排食物、供给饮食。　⑧赀:财物。　⑨诿:托言。　⑩愠:怒。诞:诞妄。　⑪睸(jiàn):偷看。　⑫相去各里所:相距一里左右。　⑬旋:转动。这里指吹动。　⑭且角且走:边吹边跑。　⑮岑岑:形容胀痛。　⑯手栗气慑:手抖气促。　⑰蓝:这里指胆汁之色。胆裂而汁入血液中,故呈蓝色。

**【品评】**

方孝孺为文,世称"纵横豪放,颇出入于东坡、龙川之间"。有些议论文章确有豪宕之气;但这篇《越巫》和另一篇《吴士》,则是讽谕杂文,有如唐人小品。虽有愤激,而不甚作气。作者于本篇及《吴士》之后,曾有一段附识云:"右《越巫》《吴士》二篇。余见世人之好诞者死于诞,好夸者死于夸,而终身不自知其非者众矣,岂不惑哉!游吴越间,客谈二事类之,书以为世戒。"由此看来,方孝孺的写作动机,颇与柳宗元之写《三戒》相似。

柳宗元之写《三戒》,以物喻人,带有寓言性质。方孝孺之写《越巫》,实写其人。其中刻画描写虽不免虚构,但和基本事实相去不远。越巫为术之诞妄,世多有之。文章所讽者,并不过分。

但从明代的社会风习看,如越巫者,尚非人间之大奸巨猾。在"无赖儿郎"的政权统治下,弄虚作假、巧取豪夺,大有甚于此者。孝孺为一代儒生,对于人情世态,似未深晓,故为文垂戒,感叹不少。

# 王守仁(1472—1528)

　　字伯安,余姚(今属浙江)人。曾在阳明书院讲学,世称阳明先生。历任刑部主事、左都御史等官。因疏救戴铣,忤宦官刘瑾,贬为贵州龙场驿丞。后以平叛功封新建伯,卒谥文成。以哲学名世,为文主张直抒胸臆,著有《王文成公全书》等。

## 瘗旅文①

　　维正德四年秋月三日,②有吏目云自京来者,③不知其名氏。携一子一仆将之任,过龙场,投宿土苗家。④予从篱落间望见之,⑤阴雨昏黑,欲就问讯北来事,⑥不果。明早,遣人觇之,⑦已行矣。薄午,⑧有人自蜈蚣坡来云:"一老人死坡下,傍两人哭之哀。"予曰:"此必吏目死矣。伤哉!"薄暮,复有人来云:"坡下死者二人,傍一人坐叹。"询其状,⑨则其子又死矣。明日,复有人来云:"见坡下积尸三焉。"则其仆又死矣。呜呼伤哉!

　　念其暴骨无主,⑩将二童子持畚锸往瘗之,⑪二童子有难色然。⑫予曰:"嘻! 吾与尔犹彼也。"⑬二童闵然涕下,⑭请往。就其傍山麓为三坎,⑮埋之。又以只鸡、饭三盂,嗟吁涕洟而告之曰:⑯呜呼伤哉! 繄何人?⑰繄何人? 吾龙场驿丞余姚王守仁也。吾与尔皆中土之产,⑱吾不知尔郡邑,尔乌为乎来为兹山之鬼乎?⑲古者重去其乡，⑳游宦不逾千里。吾以窜逐而来此，㉑宜也。尔亦何幸乎？闻尔官吏目耳，俸不能五斗，尔率妻子躬耕可有也，胡为乎以五斗而易尔七尺之躯？㉒又不足，而益以尔子与仆乎？呜呼伤哉！尔诚恋兹五斗而来，则宜欣然就道，乌为乎吾昨望见尔容蹙然，㉓盖不任其忧者。夫冲冒雾露，扳援崖壁，行万峰之顶，饥渴劳顿，筋骨疲惫，而又瘴疠侵其外，忧郁攻其中，其能以无死乎？吾固知尔之必死，然不谓若是其速；㉔又不谓尔子尔仆亦遽然奄忽也！㉕皆尔自取，谓之何哉！吾念尔三骨之无依而来瘗尔，乃使吾有无穷之怆也！呜呼伤哉！纵不尔瘗，幽崖之狐成群，阴壑之虺如车轮，㉖亦必能葬尔于腹，不致久暴。尔既已无知，然吾何能为心乎？㉗自吾去父母乡国而来此三年矣，㉘历瘴毒而苟能自全，以吾未尝一日之戚戚也。㉙今悲伤若此，是吾为尔者重，㉚而自为者轻也，吾不宜复为尔悲矣。吾为尔歌，尔听之！

　　歌曰：连峰际天兮飞鸟不通，㉛游子怀乡兮莫知西东。莫知西东兮维天则同，㉜异域殊方兮环海之中。㉝达观随寓兮奚必予宫，㉞魂兮魂兮无悲以恫！㉟

　　又歌以慰之曰：与尔皆乡土之离兮，㊱蛮之人言语不相知兮，性命不可期！吾苟死于兹兮，率尔子仆来从予兮！吾与尔遨以嬉兮！㊲骖紫彪而乘文螭兮，㊳登望故乡而嘘唏兮！吾苟获生归兮，尔子尔仆尚尔随！道傍之冢累累兮，多中土之流离兮，㊴相与呼啸而徘徊兮。餐风饮露，无尔饥兮。朝友麋鹿，暮猿与栖兮，㊵尔安尔居兮，无为厉于兹墟兮！㊶

**【注释】**

①本篇选自《阳明先生集要》卷三。这是作者贬于龙场驿的第三年写的。瘗(yì)：埋葬。旅：此指旅居在外乡的人。　②维：发语词。正德：明武宗年号。　③吏目：明宫制于知州下设吏目，掌出纳文书等职。　④土苗：土著的苗族。　⑤篱落：篱笆。　⑥就问：到其宿处去问。北来：自北方来。　⑦觇(chān)：窥视。　⑧薄午：近午。　⑨状：状貌。　⑩暴(pù)骨：暴露尸骨。无主：指无人收敛。　⑪将：携。畚(běn)：土筐。锸(chā)：铁锹。　⑫难色：为难的样子。　⑬吾与尔犹彼也：我和你们(指二童子)同他们一样(指旅居外乡)。　⑭闵然：忧伤的样子。"闵"同"悯"。　⑮坎：坑。　⑯涕洟：鼻涕眼泪，指哭泣。　⑰繄(yī)：发语词。　⑱中土之产：出生于中原地带。　⑲乌为乎：为什么。　⑳重去其乡：不轻易离开家乡。㉑窜逐：贬斥。㉒以五斗而易尔七尺之躯：言以薄俸而换性命。㉓蹙然：皱眉忧愁的样子。㉔不谓：想不到。㉕奄忽：急遽。指死亡。㉖虺(huǐ)：毒蛇。㉗何能为心：于心何忍。㉘乡国：家乡。㉙戚戚：忧愁。㉚为尔者重：为你们过于伤悲。㉛际天：犹齐天。㉜维：同惟。㉝异域殊方：指异乡外地。环海之中：指中国。㉞随寓：指随遇而安。宫：居室。㉟恫(dòng)：亦作痌，悲痛。㊱离：这里指离乡之人。㊲遨：遨游。嬉：嬉戏。㊳骖：古时一车驾三马为骖，这里指驾驭。彪：小虎。螭(chī)：龙属。此处紫彪文螭皆指良马。㊴流离：这里指流离失所之人。㊵暮猿与栖：晚上与猿同宿。㊶为厉：做厉鬼。一说，为祸害。

**【品评】**

这是一篇哀祭文字，但内容和形式都与一般哀祭之文不同。文中所写的吏目等三人，与作者素昧平生；三人之死，亦与作者毫无瓜葛。但作者对于三人之死，评述所闻所见，颇富深情。虽然对于三人之姓氏爵里一无所知,但作者对其不幸遭遇,却感同身受。这同作者自己的遭遇很有关系。

作者因为抗疏直言,触犯宦官,致遭廷杖,贬到龙场。历经跋涉山川之艰险,备尝谪居异乡之苦辛。虽然也曾发为豪语:"险夷原不滞胸中,何异浮云过太空。"但胸中的积愤和不平亦自不能遮掩。文章说:"古者重去其乡,游宦不逾千里。吾以窜逐而来此,宜也。"说是"宜矣",其实是不胜其愤的。

文章题为"瘗旅",向死者致哀,实为自己抒怀。作者写到自己的遭遇时,还有这样的话:"自吾去父母乡国而来此三年矣,历瘴毒而苟能自全,以吾未尝一日之戚戚也。"处于逆境而不"戚戚",这是相当达观的态度。这是中国古代文人学者处世的一种精神传统。宋代的欧阳修,就曾坚持身居贬所而不作"戚戚之文"。王守仁身为明理学耆宿,思想虽未免于偏执,而处世却颇为放达。故虽甚哀死者,不胜其悲;而写到篇末,却又说道:"吾不宜复为尔悲矣。"于是作歌,谓"达观随寓","无悲以恫"。

# 何景明（1483—1521）

字仲默，号大复山人。信阳（今属河南）人。弘治进
士，官至陕西提学副使。与李梦阳同为"前七子"的代表作
者，政治上反对宦官专政，文学上主张诗文复古。但景明
之主张复古，不尽拘于形式，诗文亦颇有时代气息。著作
今有《何大复集》。

## 上冢宰许公书①

中书舍人何某顿首，②上书冢宰许公下执事。③某诚
至愚，窃见明公自入吏部，④所推进者皆崇饰名节、砥砺
廉耻之士，⑤清议攸与，⑥群望景附，⑦乡鄙末进，⑧实亦
私抃。⑨

乃者主上幼冲，⑩权阉在内，⑪天纪错易，⑫举动大
缪。究人事，考变异，⑬未有甚于此时者也。⑭然而上下
之臣，未见有秉德明恤、仗义伏节者。⑮某虽寡昧，⑯谅明
公之所必忧也。夫国有人曰实，无曰虚，以今日观之，虽
谓之虚可也。某所以系大小之望，⑰致虚实之原，⑱实惟
明公之责。是明公虽欲无忧，不可得也。

顷者闻权阉多干明公之正者，⑲议者难之。⑳或谓宜
少自贬以为容。㉑大自贬以为容者，患失者之所为也。孰
谓明公表师百僚、坚立万仞者而为此乎！㉒某于明公素未
伏谒，㉓然慕义甚深，区区之怀，不敢不露。窃为明公划

二策,惟明公之自择焉。一曰守正不阿,㉔不容于权阉而去者,上策也。二曰自贬以求容于权阉,而不容于天下后世者,下策也。夫今之计,止是二者,二者俱为不容,然守正不容,可以激颓靡于当时,㉕流声烈于后世,㉖损少而益者多,自贬不容,则颓靡益恣,声烈且败,益少而损者多。二者孰重孰轻,㉗惟明公之自择焉。

昔者子贡谓孔子曰:㉘"夫子之道大,天下莫能容,盍少贬乎?"㉙孔子曰:"良农能稼,不能为穑。㉚良匠能巧,不能为顺。㉛君子能修其道,纲而纪之,㉜统而理之,㉝而不能为容。赐,㉞尔不务修道,而务为容,尔志不远矣。"㉟由是观之,士而未禄,㊱尚不可为容,况位冢宰,统百官而均四海者乎?㊲而何以为庶官之地,㊳天下之望乎!今时匹夫女子,咸知太息,㊴用以为慰者,以有明公在位。望明公深惟保重。㊵某积怀甚久,不敢轻造门下,㊶谨遣家人持书,托阍者通焉,幸明公赐察,不即叱责。

【注释】

①本篇选自新校本《何大复集》卷三十二。冢宰:又作太宰。许公:许进,字季升,曾任吏部尚书。　②何景明曾官中书舍人,因不能干谒,十年不调。　③下执事:原指供使役的人员。此谦言自己不配直接讲话,而请下人转达。　④明公:尊称许进。入吏部:许进于正德元年任吏部尚书。　⑤推进:进用。　⑥清议:此指舆论。攸:所。与:赞许。　⑦群望:即众望。景附:即影附。　⑧末进:犹言后进。　⑨私抃(biàn):心中高兴。抃,拍手(表示赞成)。　⑩幼冲:年幼。　⑪权阉(yān):当权的宦官。　⑫天纪:天之纲纪,此指国家的纲纪。

⑬究人事、考变异：考究天变与人事的关系。　⑭甚：此指严重。　⑮明恤：明于济时救弊。伏节：死节。　⑯寡昧：无知。　⑰某：本又作"其"。大小：犹尊卑，即指上下之臣。　⑱虚实：指国有人无人而言。　⑲干：犯。正：通政。　⑳难之：以为难于对付。　㉑贬：贬损，此处指退让。为容：取容于人。　㉒表师：为师表。坚立万仞：喻品德之高。　㉓伏谒：拜访。㉔阿：本又作"挠"，曲。都是屈从他人的意思。　㉕颓靡：此指不振作的士风。　㉖声烈：名声功烈。　㉗曷：何。　㉘"子贡谓孔子"云云：见《史记·孔子世家》。　㉙盍：何不。　㉚稼：耕种。穑：收获。　㉛为顺：此指顺每人之意。　㉜纲而纪之：指有条不紊。　㉝统而理之：指整齐划一。　㉞赐：子贡名。㉟远：远大。　㊱未禄：未仕，此指不在官位。　㊲均：平治。㊳地：地步，此指留有余地。　㊴太息：感叹愤慨。连下两句意谓：今时一般百姓都为国事忧虑，而尚可自慰者，就因为还有您在其位。　㊵深惟：深思熟虑。　㊶造门下：拜访您。门下，此处是对长官的敬称。

**【品评】**

　　何景明诗文兼擅，尤以诗称。但其为人的个性特点，主要表现于文。例如他的几篇书信，指责权阉，伸张正义，刚正之气，溢于笔端。他的门生乔士宁所撰《何先生传》云："逆瑾挠吏部权，则移书许太宰，引正大义。献吉与姜御史诘奏，又移书杨太宰，直献吉狱。少师李西涯疏上乞休，会有兵事，又援古大臣义，为书让之。三书皆非身事，而抗言尊显，语涉时忌，议者谓忧国怜才，古人莫加也。"其中所说"移书杨太宰"，即指本篇。所举三篇书信，都是"抗颜尊显、语涉时忌"的文章。

　　像这样的文章，不仅字句之间颇有秦汉之文的气势，其议论风度，亦颇有秦汉作者的风概。这样的文章已不同于明初宋濂之雍容典雅，如《阅江楼记》诸作；也不同于杨溥等人之冠冕堂皇,为太平盛世涂脂抹粉,如《承恩堂记》诸作;而是遇事辄发,直言不讳。讲名节,倡清议,诋权阉,犯时忌。其出谋划策,分析得失,是大有秦汉之际的谋臣策士余风的。"七子"倡言"文必秦汉",虽不免篇模句拟,流于形式;但从本篇看来,似亦未可厚非。

# 归有光（1506—1571）

　　字熙甫，号震川。昆山（今属江苏）人。嘉靖十九年（1540）中举，后屡试不第，移居嘉定讲学授徒。嘉靖四十四年（1565）始中进士，任长兴知县，官至南京太仆寺丞。归有光为文，反对拟古，主张平易，被称为唐宋派的代表作者。著有《震川先生集》。

## 先妣事略①

　　先妣周孺人，②弘治元年二月二十一日生。③年十六，来归。④逾年，生女淑静。淑静者，大姊也。期而生有光；⑤又期而生女、子，殇一人，⑥期而不育者一人。⑦又逾年，生有尚，妊十二月；⑧逾年，生淑顺。一岁，又生有功。

　　有功之生也，孺人比乳他子加健；⑨然数颦蹙顾诸婢曰：⑩“吾为多子苦！”老妪以杯水盛二螺进，⑪曰：“饮此后妊不数矣。”⑫孺人举之尽，喑不能言。⑬

　　正德八年五月二十三日，⑭孺人卒。诸儿见家人泣，则随之泣；然犹以为母寝也，伤哉！

　　于是家人延画工画，出二子命之曰：⑮“鼻以上画有光，鼻以下画大姊。”以二子肖母也。

　　孺人讳桂。外曾祖讳明。外祖讳行，太学生。⑯母何氏。世居吴家桥，去县城东南三十里，由千墩浦而南，直桥并小港以东，居人环聚，尽周氏也。外祖与其三兄皆

以资雄，⑰敦尚简实，⑱与人姁姁说村中语，⑲见子弟甥侄
无不爱。

孺人之吴家桥，则治木棉；入城则缉纑，⑳灯火荧荧，
每至夜分。㉑外祖不二日使人问遗。㉒孺人不忧米盐，乃
苦苦若不谋夕。㉓冬月炉火炭屑，使婢为团，㉔累累曝阶
下。室靡弃物，家无闲人。儿女大者攀衣，小者乳抱，手
中纫缀不辍。㉕户内洒然。㉖遇僮奴有恩，虽至棰楚，㉗皆
不忍有后言。㉘吴家桥岁致鱼蟹饼饵，率人人得食。家中
人闻吴家桥人至，皆喜。有光七岁，与从兄有嘉入学。
每阴风细雨，从兄辄留；有光意恋恋，不得留也。孺人中
夜觉寝，促有光暗诵《孝经》，即熟读，无一字龃龉，㉙
乃喜。

孺人卒，母何孺人亦卒。周氏家有羊狗之疴，㉚舅母
卒，四姨归顾氏，又卒，死三十人而定。惟外祖与二
舅存。

孺人死十一年，大姊归王三接，孺人所许聘者也。㉛
十二年，有光补学官弟子。㉜十六年而有妇，孺人所聘者
也。期而抱女，抚爱之，益念孺人，中夜与其妇泣，追惟
一二，㉝仿佛如昨，余则茫然矣。世乃有无母之人，天乎
痛哉！

**【注释】**

①先妣(bǐ)：古人称已死之母。　②孺人：明代七品官之妻
的封号。　③弘治元年：公元 1488 年。弘治，明孝宗年号。
④来归：嫁过来。　⑤期(jī)：满一年。　⑥殇：未成年而死。
⑦不育：这里指未能养大。　⑧妊：怀孕。　⑨加健：更加强
健。　⑩数(shuò)：屡次。颦蹙(pín cù)：皱眉。　⑪老妪：指

年老的女仆。　⑫不数:不多。　⑬暗:哑。　⑭正德八年:公元1513年。正德,明武宗年号。　⑮命之:命令画工。　⑯太学生:明国子监的生员。　⑰以资雄:以富豪出名。　⑱敦尚简实:指为人朴实。　⑲姁姁(xǔ):和气的样子。　⑳缉纑(qī lú):搓麻线。　㉑夜分:夜半。　㉒问遗(wèi):慰问馈赠。　㉓若不谋夕:好像生计艰难,朝不虑夕。　㉔为团:做煤团。㉕纫缀:缝纫补缀。　㉖洒(xiǎn)然:犹肃然。　㉗棰楚:杖打。㉘后言:背后诽谤之言。　㉙龃龉:不合。　㉚疴:病。　㉛许聘:答应嫁与。　㉜学官弟子:即生员。　㉝追惟:回想。

## 【品评】

这是一篇追忆亡母的传状文字,但与一般的传记、行状写法不同。名为"事略",而所记之事,却相当详细。

归有光生当前后"七子"提倡文章复古之际,对于拟古之文十分不满。他认为这样的文章,就如"剪纸染彩之花",不是"树上天生之花"(《与沈敬甫书》)。他主张为文真淳自然。

归有光反对前后"七子"的"文必秦汉",但他并非主张不学古人。他曾多次说过自己爱读《史记》。他说过:"不喜为今世之文,而独好《史记》。"(《五岳山人前集序》)又说过:"子长更数千年无人可及,亦无人能知之。仆少好其书,以为独有所悟。"(《与陆太常书》)从归有光现存的文章看,他对司马迁的《史记》确有心得。这主要表现在两个方面:一方面,由于身不得志,困在下层,对于民间疾苦,多所了解,发而为文,颇多感愤。有些送序之文如《送县大夫杨侯序》等,便有此特点;另一方面,司马迁"寓论断于叙事",归有光"写抒情于叙事"。叙事诸文,颇富情感。如本篇和《项脊轩志》等,都有这一特点。归有光为文是长于叙事的,尤其擅写家庭琐事。于日常生活琐事中抒发真情实感。即以本篇而言,其母生平本无大事可记,《诗》云"母氏劬劳",全于日常琐事见之。

　　归有光在此文中所流露的情感，今天看来，自然是出自封建伦常观念；但作者笃于家人父子之情，语皆真实，与某些假借伦理道德进行说教的文章不同。

# 项脊轩志①

　　项脊轩，旧南阁子也。②室仅方丈，可容一人居。百年老屋，尘泥渗漉，③雨泽下注，④每移案，顾视无可置者。⑤又北向，不能得日，日过午已昏。余稍为修葺，⑥使不上漏，前辟四窗，垣墙周庭，⑦以当南日；日影反照，室始洞然。⑧又杂植兰桂竹木于庭，旧时栏楯，⑨亦遂增胜。⑩借书满架，偃仰啸歌，冥然兀坐。⑪万籁有声，而庭阶寂寂，小鸟时来啄食，人至不去。三五之夜，⑫明月半墙，桂影斑驳。风移影动，珊珊可爱。然予居于此，多可喜，亦多可悲。

　　先是，⑬庭中通南北为一。迨诸父异爨，⑭内外多置小门墙，往往而是。东犬西吠，客逾庖而宴。⑮鸡栖于厅，庭中始为篱，已为墙，凡再变矣。家有老妪，尝居于此。妪，先大母婢也。⑯乳二世，⑰先妣抚之甚厚。室西连于中闺，⑱先妣尝一至，妪每谓予曰："某所，而母立于兹。"⑲妪又曰："汝姊在吾怀，呱呱而泣。⑳娘以指叩门扉曰：'儿寒乎？欲食乎？'吾从板外相为应答。"㉑语未毕，余泣；妪亦泣。

　　余自束发读书轩中。㉒一日，大母过余曰："吾儿，久不见若影，何竟日默默在此，大类女郎也？"比去，㉓以手阖门,自语曰:"吾家读书久不效,㉔儿之成,则可待乎?"顷之,持一象笏至,㉕曰:"此吾祖太常公宣德间执此以朝,㉖他日,汝当用之。"瞻顾遗迹,如在昨日。令人长号不自禁。

轩东故尝为厨。人往,从轩前过。余扃牖而居,㉗久之能以足音辨人。轩凡四遭火,得不焚,殆有神护者。

项脊生曰:㉘蜀清守丹穴,㉙利甲天下。其后秦皇帝筑女怀清台。㉚刘玄德与曹操争天下,㉛诸葛孔明起陇中,㉜方二人之昧昧于一隅也,世何足以知之?余区区处败屋中,方扬眉瞬目,㉝谓有奇景。人知之者,其谓与坎井之蛙何异!㉞

余既为此志后五年,㉟吾妻来归。㊱时至轩中从余问古事,或凭几学书。吾妻归宁,㊲述诸小妹语曰:"闻姊家有阁子,且何谓阁子也?"其后六年,吾妻死,室坏不修。其后二年,余久卧病无聊,乃使人复葺南阁子。其制稍异于前,然自后余多在外,不常居。庭有枇杷树,吾妻死之年所手植也,今已亭亭如盖矣。㊳

**【注释】**

①本篇选自《震川先生集》卷十七。作者家居昆山项脊泾,故以项脊名轩。轩:有窗之廊或小屋宇,此指小屋。志:记。②阁子:即指小屋。 ③渗漉(lù):滴漏。 ④雨泽:雨水。注:往下流。 ⑤置:安放。 ⑥修葺(qì):修整。 ⑦垣墙周庭:庭院四周筑起围墙。 ⑧洞然:明亮。 ⑨栏楯:栏杆。竖为栏,横为楯。 ⑩胜:美景。 ⑪冥然:安静的状貌。兀坐:端坐。 ⑫三五之夜:农历每月十五的夜晚。 ⑬先是:在这之前。 ⑭迨诸父异爨(cuàn):待到叔伯们分家。诸父,指叔、伯。异爨,各自起灶做饭。 ⑮客逾庖而宴:谓客人来也分到

各家赴宴。旧说谓宴请宾客时，因有小门墙之阻，客人乃经过厨房而赴宴。　⑯先大母：已故的祖母。　⑰乳二世：哺乳了两代人。　⑱室：即项脊轩。中闺：内室。　⑲而：同尔。　⑳呱呱(gū)：幼儿啼声。　㉑板外：此指门外。　㉒束发：指成童。古时男十五岁(一说八岁)为"成童"，束发于顶。㉓比去：临走。比，及。　㉔效：成效，这里指科举考中。　㉕象笏(hù)：象牙制的笏版，朝臣用于记事的长形板子。明制：四品以上官员上朝始持笏版。　㉖太常公：指作者祖母夏氏的祖父夏昶。永乐时进士，官至太常寺卿。宣德：明宣宗朱瞻基的年号。　㉗扃牖(jiōng yǒu)：关着窗户。　㉘项脊生：作者自称。　㉙蜀清：巴蜀的寡妇名清者。丹穴：产朱砂的矿穴。　㉚秦皇帝为寡妇清筑女怀清台一事见《史记·货殖列传》。　㉛刘玄德：刘备，字玄德。　㉜陇中：田野之间。一说，"陇中"当作"隆中"。　㉝瞬目：眨眼。　㉞坎井之蛙：喻见识甚浅。　㉟志：指这篇文章。自此句以下为五年后补写之文。㊱来归：嫁过来。　㊲归宁：回娘家探亲。　㊳亭亭：直立的样子。盖：伞盖。

## 【品评】

轩亭之记，古已有之。但归有光这一篇《项脊轩志》，与一般记叙文字不同。名为一轩之志，并非专讲一轩之兴建始末，而是叙述家庭的盛衰分合、个人的今昔之悲。

文章先写自己幼时的读书环境，"借书满架，偃仰啸歌"，"冥然兀坐，万籁有声"。为轩虽小，而乐趣不少。

但好景不长，"多可喜，亦多可悲"。随着大家庭的分崩离析，家人生死存亡，自己的仕途不利，抚今思昔，又不胜其悲矣。

归有光的伦常观念是十分深重的。他对于大家族同堂聚居的生活情景非常留恋；看到这个家庭的分居另爨，他十分伤感。因此，当他叙及"诸父异爨"后的凄清景象时，便无比伤怀。

看到"东犬西吠","鸡栖于厅",心之痛楚,有难言者。

再有,通过老妪的言谈,追念老母;通过琵琶树的长大,追念其妻;顾瞻轩之遗迹而追怀祖母,凡所记叙,无不悱恻动人。

归有光为文是长于叙事的,但在叙事中更善于抒情。《先妣事略》如此,本篇尤为显例。前人或谓其文取法于《史记》,或谓取法于欧阳修。林纾《春觉斋论文·述旨》云:"震川力追欧公,得其法乳,故《项脊轩》一记,亦别开生面。然有轩字为主人翁,则人事变迁,家道坎壈,皆归入此轩,作睹物怀人写法,与《泷冈阡表》面目又大不同。"这里所谓"不同",正是归有光文章的新特征。


## 长兴县编审告示(节选)①

长兴县示:当职谬寄百里之命,②止知奉朝廷法令,以抚养小民;不敢阿意上官,以求保荐。是非毁誉,置之度外,不恤也。……

当职为民父母,岂不欲优恤大户,而专偏重小民?特以俱为王民,尔等大户,享有田宅僮仆富厚之奉;小民终岁勤苦,糟糠裋褐,③犹常不给;且彼耕田商贾,大户又取其租息,若刻剥小民,大户亦何所赖?况大户岁当粮长,④不过捐毫毛之利,以助县官;⑤若小民一应役,如今之里递者,⑥生计尽矣。如之何不为之怜恤也?

当职为此,倦倦告谕,⑦尔等大户,各思为子孙之计,毋得仍前侥幸,剥害小民。幽有鬼神,明有国法,宜各深思。所有解户,⑧仍前开具于后。⑨

**【注释】**

①本篇节选自《震川先生集·别集》卷九。作者于嘉靖四十年(1565)考中三甲进士,出任浙江长兴知县。长兴地僻民贫。豪门大户又与胥吏为奸,粮役负担多归贫民小户,作者乃重新编审"粮长"、"里递"诸般役法,并出此告示。 ②当职:作者当知县的自称。寄:委任。百里之命:指一县之职。 ③裋(shù)褐:粗劣之衣。 ④粮长:据本文引《诸司职掌》,上司督催钱粮,粮长督里长,里长督甲首,甲首催人户,则知粮长当为乡里催督钱粮者。 ⑤县官:指朝廷,国家。 ⑥里递:据本文所述,里递乃"豪民奸吏"指派贫户充当之役。⑦惓惓:同"拳拳",诚恳、深切之意。 ⑧解户:此指应充粮长之户。 ⑨此句是说:照旧开列粮长名单如下。

**【品评】**

归有光为文,一向以抒写家人父子之情著称于世,但从他的全部作品看来,其文章成就,远远不止于此。

他另有一些文章,反映了他对国计民生,特别是民间疾苦,十分关切,不仅富有家人父子之情。例如在《送县大夫杨侯序》中不仅反映了民间疾苦,而且指责了朝廷的糜费。又在《送摄令蒲君还府序》中不仅指责官府"疾视其民",而且为平民百姓辩诬。尤其值得注意的是这篇《长兴县编审告示》,敢于冒犯"大户",而替"小民"申诉。这是一篇很不寻常的文章。

历来做官为令的人,是不敢得罪"大户"的。但归有光竟然出了这样的告示,居然明白表示"偏重小民"而不许大户"刻剥小民",这是违背了做官的常规的。

归有光考中进士,已经六十岁了,这时出任县令,年事已高,而阅世尚浅。对于官场,似乎尚无常识。从这篇告示看来,其告谕之言,全属书生意气。老于官场者,殆不如此。

由于书生意气,归有光便得罪了豪民大户,遭到了诬陷,由县令而迁为州倅，谗谤仍然不止。他在《上王都御史书》中说："有光之为县，不敢自附古人，然惟护持小民，而奸豪大猾多所不便，遂腾谤议。"又在《与曹按察简》中说："鄙人向年为吏吴兴，虽踽踽百里，而志在生民，与俗人好恶乖方。迁去后，极意倾陷。"由此看来，归有光的好心是未得好报的。

好心而不得好报，历来如此，归有光对此亦未深知。这篇告示最后说："幽有鬼神，明有国法。"这话也甚天真。殊不知"鬼神"、"国法"，对于豪民奸吏是不起作用的。

# 唐顺之(1507—1560)

字应德,一字义修,武进(今江苏常州)人。嘉靖八年(1529)进士。历任兵部主事、翰林院编修等职,罢居阳羡山中。后以郎中视师,屡破倭寇。力疾巡海,卒于舟中。顺之为文,主张"直写胸臆"。其诗"率意信口",文亦汪洋恣肆,与归有光等同为"唐宋派"作者。著有《荆川先生文集》。

## 任光禄竹溪记①

余尝游于京师侯家富人之园,②见其所蓄,自绝徼海外奇花石无所不致,③而所不能致者惟竹。吾江南人斩竹而薪之,④其为园,必购求海外奇花石。或千钱买一石、百钱买一花不自惜。然有竹据其间,或芟而去焉。⑤曰:"毋以是占我花石地。"而京师人苟可致一竹,辄不惜数千钱。然才遇霜雪,又槁以死。以其难致而又多槁死,则人益贵之。而江南人甚或笑之曰:"京师人乃宝吾之所薪!"呜呼!奇花石诚为京师与江南人所贵,然穷其所生之地,⑥则绝徼海外之人视之,吾意其亦无以甚异于竹之在江以南。而绝徼海外,或素不产竹之地,然使其人一旦见竹,吾意其必又有甚于京师人之宝者。是将不胜笑也。语云:"人去乡则益贱,⑦物去乡则益贵。"以此言之,世之好丑,亦何常之有乎?⑧

余舅光禄任君治园于荆溪之上,[9]遍植以竹,不植他木。竹间作一小楼,暇则与客吟啸其中,而间谓余曰:[10]"吾不能与有力者争池亭花石之胜,独此取诸土之所有,[11]可以不劳力而蓊然满园,[12]亦足适也。[13]因自谓竹溪主人,甥其为我记之!"余以谓君岂真不能与有力者争,而漫然取诸其土之所有者?无乃独有所深好于竹、而不欲以告人欤?昔人论竹,以为绝无声色臭味可好,[14]故其巧怪不如石,其妖艳绰约不如花;[15]孑孑然,[16]孑孑然,有似乎偃蹇孤特之士,[17]不可以谐于俗。[18]是以自古以来知好竹者绝少。且彼京师人亦岂能知而贵之?不遇欲以此斗富,与奇花石等尔。故京师人之贵竹,与江南人之不贵竹,其为不知竹一也。

君生长于纷华,[19]而能不溺乎其中。裘马、僮奴、歌舞,凡诸富人所酣嗜,一切斥去,尤挺挺不妄与人交,凛然有偃蹇孤特之气,此其于竹,必有自得焉。而举凡万物可喜可玩,固有不能间也欤?[20]然则虽使竹非其土之所有,君犹将极其力以致之,而后快乎其心;君之力虽使能尽致奇花石,而其好固有不存也。嗟乎!竹固可以不出江南而取贵也哉!

**【注释】**

①本篇选自《荆川先生文集》卷十二。光禄:光禄寺的官员之简称。任光禄事迹不详。　②京师:此指北京。侯家:泛指达官显宦之家。　③绝徼(jiào):极远的地区。徼:边疆。④薪:此用为动词。薪之:即当柴烧。　⑤芟(shān):锄掉。⑥穷:追寻。　⑦去乡:离乡。　⑧世之好丑:世人对于好丑的看法。常:常规。　⑨荆溪:在江苏宜兴之南,源出芜湖,下注

太湖。　⑩间：偶然。　⑪土：指本地。　⑫蓊然：繁密貌。
⑬适：适意。　⑭臭味：气味。　⑮绰约：柔美的姿态。　⑯孑
孑然：孤特貌。　⑰偃蹇：骄傲。　⑱谐：协调。　⑲纷华：此
指富贵。　⑳间：此指离弃。

## 【品评】

园林之记，古来多有之。受人之托，或捉刀秉笔，往往敷衍
成篇，难出新意。但巧于为文者，亦或借题发挥，标新立异。这
篇《任光禄竹溪记》虽亦奉"竹溪主人"之命而作，却是有所发
挥，自成格调的作品。

松、竹、兰、菊，在中国的文人雅士诗人画家中，已经形成一
种爱好的传统。历代的文人学者，虽然仕途不免崎岖，生活不
免困顿，但往往孤高自恃，孤芳自赏。在世间难得同心之友，于
是乃于园林丘壑中寻求同气之类。自屈原之行吟泽畔，陶潜之
采菊东篱，以及历代的迁客骚人之放浪山水之间，大抵都是有
所寄托的。

本文所述的"竹溪主人"，"生长于纷华"，又何所寄托呢？

世间亦有富贵中人，而附庸风雅，满身铜臭，而喜种兰花
者。但本文所说的"竹溪主人"，似乎并非这样"雅得俗"的人
物。文章最后特意指出："君生长于纷华，而能不溺乎其中。裘
马、僮奴、歌舞，凡诸富人所酣嗜，一切斥去，尤挺挺不妄与人
交，凛然有偃蹇孤特之气。"由此看来，此人之爱竹，似出于"偃
蹇孤特"之性，大不同于京师之"以此斗富"者。

顺之为文，力矫"七子"摹古之弊，故信笔所之，无所依傍。
此文本属应酬笔墨，却能独抒己见，与寻常应酬文字不同。

# 宗　臣 (1525—1560)

　　字子相,号方城山人。扬州兴化(今属江苏)人。嘉靖进士,授刑部主事。一度辞官,后迁稽勋员外郎。因得罪严嵩,出京,为福建参议。其后以御倭有功,升按察副使,卒于官。宗臣为"后七子"之一。诗文卓有成就,著有《宗子相集》。

## 报刘一丈书①

　　数千里外,得长者时赐一书,②以慰长想,即亦甚幸矣。何至更辱馈遗,③则不才益将何以报焉!④书中情意甚殷,⑤即长者之不忘老父,⑥知老父之念长者深也。

　　至以"上下相孚,才德称位"语不才,⑦则不才有深感焉。夫才德不称,固自知之矣;至于不孚之病,则尤不才为甚。

　　且今世之所谓孚者何哉? 日夕策马,候权者之门。⑧门者故不入,⑨则甘言媚词作妇人状,袖金以私之。⑩即门者持刺入,⑪而主者又不即出见,立厩中仆马之间,恶气袭衣袖,即饥寒毒热不可忍,不去也。抵暮,则前所受赠金者出,报客曰:"相公倦,谢客矣,客请明日来。"即明日,又不敢不来。夜披衣坐,闻鸡鸣,即起盥栉,⑫走马抵门。⑬门者怒曰:"为谁?"则曰:"昨日之客来!"则又怒曰:"何客之勤也? 岂有相公此时出见客乎?"客心耻之,强忍而与言曰:"亡奈何矣! 姑容我入。"门者又得所赠金,则起而入之。又立向所立厩中。幸主者出,南面召见,⑭则惊走匐匍阶下,主者曰:"进!"则再拜,故迟不起,起则上所上寿金。⑮主者故不受,则固请;主者故固不受,则又固请;然后命吏纳之。则又再拜,又故迟不起,起则五六揖始出。

出,揖门者曰:"官人幸顾我,⑯他日来,幸勿阻我也!"门者答揖。大喜,奔出,马上遇所交识,即扬鞭语曰:"适自相公家来,相公厚我,厚我!"且虚言状。⑰即所交识亦心畏相公厚之矣。相公又稍稍语人曰:"某也贤!某也贤!"闻者亦心计交赞之。此世所谓上下相孚也,长者谓仆能之乎? 前所谓权门者,自岁时伏腊一刺之外,⑱即经年不往也。间道经其门,⑲则亦掩耳闭目,跃马疾走过之,若有所追逐者。斯则仆之褊哉!⑳以此常不见悦于长吏,仆则愈益不顾也。每大言曰:"人生有命,吾惟守分尔矣!"长者闻此,得无厌其为迂乎?

乡园多故,㉑不能不动客子之愁。至于长者之抱才而困,㉒则又令我怆然有感。天之与先生者甚厚,㉓亡论长者不欲轻弃之,㉔即天意亦不欲长者之轻弃之也,幸宁心哉!㉕

**【注释】**

①本篇选自《宗子相集》卷十四。报:回答。刘一丈:刘玠,字国珍,号墀石,扬州兴化人,排行第一,故称一丈。丈:对长辈的尊称。　②长者:即刘一丈,与宗臣之父为同辈。　③馈遗(kuì wèi):赠送礼品。　④不才:自谦之称。　⑤殷:深切。⑥老父:作者称自己的父亲,即宗周。　⑦上下相孚,才德称

位：此语当是刘玠来信勉励作者的话。相孚：互相信任。称位：与职位相称。　⑧策马：即驱马。权者：有权势者，当指下文的"相公"，即宰相。　⑨门者：守门的人。故：故意。入：纳。⑩袖金以私之：暗地给钱。　⑪刺：名帖，名片。　⑫盥栉：梳洗。　⑬走马：乘马速往。　⑭南面：坐北向南。古时人君南面而坐，臣下北面而朝。这里显示权者之尊。　⑮上所上寿金：献上所送的礼品（金帛一类财礼）。　⑯官人：称门者。⑰虚言状：虚夸被召见的情况。　⑱岁时伏腊：一年四季伏天腊日，泛言一年重要节日。　⑲间（jiàn）：有时。　⑳褊（biǎn）：度量狭小。　㉑乡园多故：指故乡有灾情而言。㉒长者之抱才而困：指刘一丈少有隽才而屡试不第。　㉓此句言刘玠所禀之天赋甚高。　㉔亡：同无。轻弃之：指轻于自弃，意为不仕。刘玠是以布衣终身的。　㉕宁心：安心。

**【品评】**

这是宗臣给刘玠的一封复信。刘玠作为一个长辈，写信给宗臣，勉以"上下相孚，才德称位"，于是引发了宗臣的一番议论。

名为一封复书，而实为一篇"官场现形记"。明代的政治，在宦官专政或奸相擅权的局面下，十分腐败。作者所描述者，正是嘉靖年间严嵩父子总揽大权、一批小人趋炎附势的现状。对于这种世态，正直的士大夫多所抨击。例如刑部主事张翀曾说："自嵩辅政，蔑裒名器，私营囊橐；世蕃以狙狯资，倚父虎狼之势，招权罔利，兽攫乌钞。无耻之徒，络绎奔走，靡然成风，有如狂易。"又刑部主事董传策说："嵩久握重权，炙手而热。干进无耻之徒，附膻逐秽，麇集其门。致士风日偷，官箴日丧。"（均见《明史》卷二一〇）比较而言，宗臣所描述者，更为生动具体，极富文学色彩。前人甚至看作小说传奇，不无缘故。

从文中人情物态的绘声绘色来看，确有小说传奇的特点；

但从当时的官场士风看,却又并非虚构。从明代全部世风看,可能还有甚于此者。

　　明代"后七子"之诗文复古,与"前七子"同一步趋,未免形式主义,久为世人所讥。但这些作者之主张复古,多半由于不满现实。既不满当代的"时文",也不满现实的政治。其所为文,往往指陈时弊,言多激切,不可概以形式主义视之。

# 王世贞 (1526—1590)

字元美,号凤洲,又号弇州山人。太仓(今属江苏)人。嘉靖进士,官至南京刑部尚书。其父为权奸严嵩所害。世贞早年与李攀龙同主文坛,为"后七子"的领袖。主张"文必西汉",晚年见解有所修正。著作有《弇州山人四部稿》、《弇州山人续稿》等。

## 题海天落照图后①

海天落照图,相传小李将军昭道作,②宣和秘藏,③不知何年为常熟刘以则所收,④转落吴城汤氏。⑤嘉靖中,⑥有郡守,不欲言其名,以分宜子大符意迫得之。⑦汤见消息非常,⑧乃延仇英实父别室,⑨摹一本,将欲为米颠狡狯,⑩而为怨家所发。⑪守怒甚,将致叵测。⑫汤不获已,因割陈缉熙等三诗于仇本后,⑬而出真迹,邀所善彭孔嘉辈,⑭置酒泣别,摩挲三日而后归守,⑮守以归大符。大符家名画近千卷,皆出其下。寻坐法,⑯籍入天府。⑰隆庆初,⑱一中贵携出,不甚爱赏,其位下小珰窃之。⑳时朱忠僖领缇骑,㉑密以重赀购,中贵诘责甚急,小珰惧而投诸火。此癸酉秋事也。㉒

余自燕中闻之拾遗人,㉓相与慨叹妙迹永绝。今年春,归息弇园,㉔汤氏偶以仇本见售,为惊喜,不论直收之。㉕按《宣和画谱》称昭道有落照、海岸二图,㉖不言所谓海天落照者。其图之有御题，㉗有瘦金瓢印与否，㉘亦无从辨证，第睹此临迹之妙乃尔，因以想见隆准公之惊世也，㉙实父十指如叶玉人，㉚即临本亦何必减逸少《宣示》、信本《兰亭》哉！㉛老人馋眼，今日饱矣，为题其后。


**【注释】**

①本篇选自《弇州山人续稿》卷一七〇。　②小李将军昭道：李昭道，李思训之子，父子皆著名画家。思训于开元年间曾任右武卫大将军，故其子昭道被称为小李将军。　③宣和：宋徽宗年号。秘藏：指内府所藏。　④刘以则：明代的收藏家。⑤吴城：苏州。汤氏：明代的一古董商人。　⑥嘉靖：明世宗年号。　⑦分宜：指严嵩，他是江西分宜县人，故称。大符：严嵩之子世蕃，字大符。　⑧非常：不同寻常。　⑨延：请。仇英：字实父，名画家。别室：此指客厅之外的房间。　⑩米颠：米芾(fú)，宋书画家，人称米颠。狡狯：此指米芾善于临摹古人墨迹，以假乱真。　⑪怨家：仇人。发：告发。　⑫叵测：不可测，此指不测之祸。　⑬陈缉熙：名鉴，亦当时的收藏家。　⑭所善：指好友。彭孔嘉：名年，字孔嘉。苏州人，文徵明的门生，书画家。　⑮摩挲(suō)：抚弄。　⑯寻：不久。坐法：此指严世蕃被判死刑。　⑰籍：此指查抄。天府：指内府。　⑱隆庆：明穆宗年号。　⑲中贵：太监。　⑳珰：太监。珰本为太监的冠饰，此代指太监。　㉑朱忠僖：名希孝，谥忠僖，凤阳怀远人。缇骑：此指明代的缉捕人员。朱忠僖曾掌锦衣卫事。　㉒癸酉：明神宗万历元年。　㉓拾遗人：指买卖旧货的商人。　㉔弇园：作者家中的花园。　㉕不论直收之：不还价而买下。直：同"值"。　㉖宣和画谱：宋徽宗时臣下所编，不著撰人姓名，凡二十卷，著录徽宗时内府所藏诸画。　㉗御题：此指宋徽宗的题跋文字。㉘瘦金：宋徽宗书法，号瘦金体。瓢印：宋徽宗收藏书

画的印章,瓢形。　㉙隆准公:此指李昭道。史称汉高祖刘邦隆准(高鼻梁),而杜甫《哀王孙》云:"高帝子孙尽隆准",李昭道为唐室后裔,作者乃借汉为唐,称李昭道为"隆准公",这样的用典之法,亦"七子"为文复古之弊。　㉚叶玉人:《列子·说符》:"宋人有为其君以玉为楮叶者,三年而成。"叶玉人或即指宋人这样的智巧人物。　㉛逸少:晋王羲之字逸少。宣示:即《宣示表》,三国时钟繇所书,传本为王羲之所临摹者。信本:唐欧阳询字信本。兰亭:即《兰亭序》,为王羲之所书。世传《兰亭序》的石刻本为欧阳询所临摹者。这句是说:仇英临摹的"海天落照"之可贵,也不减于王羲之临摹的《宣示表》和欧阳询临摹的《兰亭序》。

**【品评】**

　　这是一篇书画题跋之文。六朝以来,文人学者之兼长书画者日多,精于鉴赏者亦不少。唐宋以下,收藏鉴赏之风尤盛。在各家文集中,往往都有几篇书画题跋文字,《东坡题跋》《山谷题跋》,尤为世人所称。王世贞在明代,也是书画的收藏鉴赏家,所著《弇州山人四部稿》中,书画题跋不少。

　　王世贞又是"后七子"的领袖,提倡诗文复古,久为世人所讥。但他为学渊博,著述甚富,文章造诣,亦未可厚非。《四库全书总目提要》卷一七二说:"考自古文集之富,未有过于世贞者。其摹秦仿汉,与七子门径相同;而博综典籍,谙习掌故,则后七子不及,前七子亦不及。"就是说,此人还是很有学问的。于诗文写作之外,颇事文物收藏,亦精于书画鉴赏。所作题跋文字,有学有识。此篇《题海天落照图后》即可为例。其中历述《海天落照图》的流传得失经过,至为详,这同他"谙习掌故"很有关系。

　　文章历述《海天落照图》的得失经过,对于严世蕃这类权豪势要人物之附庸风雅、巧取豪夺,亦有所揭露。前后"七子"为文,多半反对宦官擅权、权奸专政,世贞行文,也有这一特点。

# 李　贽 (1527—1602)

　　字宏甫,号卓吾,又号温陵居士。泉州晋江(今属福建)人。早年历任地方官职,官终姚安知府。五十四岁辞官,寓居麻城,著书讲学。七十六岁时在通州(今北京通州区)以"敢倡乱道,惑世诬民"罪名被捕入狱致死。著作甚多,主要有《焚书》、《续焚书》、《藏书》、《续藏书》等。

## 题孔子像于芝佛院①

　　人皆以孔子为大圣,吾亦以为大圣;皆以老、佛为异端,②吾亦以为异端。人人非真知大圣与异端也,以所闻于父师之教者熟也;父师非真知大圣与异端也,以所闻于儒先之教者熟也;③儒先亦非真知大圣与异端也,以孔子有是言也。其曰"圣则吾不能",④是居谦也;其曰"攻乎异端",⑤是必为老与佛也。

　　儒先亿度而言之,⑥父师沿袭而诵之,小子朦聋而听之。⑦万口一词,不可破也;千年一律,不自知也。不曰"徒诵其言",⑧而曰"已知其人";不曰"强不知以为知",⑨而曰"知之为知之"。至今日,虽有目,无所用矣。

　　余何人也,敢谓有目?亦从众耳。既从众而圣之,⑩亦从众而事之。⑪是故吾从众事孔子于芝佛之院。

**【注释】**

①本篇选自《续焚书》卷四。李贽五十八岁时由湖北黄安移居麻城，本文即写于此时。芝佛院在麻城以东三十里。李贽在此处讲学著述十余年。　②老、佛：此指道教与佛教。异端：此指儒学以外的思想派别。　③儒先：犹言先儒，即前辈儒者，此特指宋明理学家。　④圣则吾不能：此孔子回答子贡之言，见《孟子·公孙丑上》。　⑤攻乎异端：《论语·为政》："攻乎异端，斯害也已。"这里所谓"异端"，原与"老、佛"无关，而后世之"儒先"，则以"异端"为"老、佛"，故下句说："是必为老与佛也。"　⑥亿度：猜想。　⑦朦聋：朦胧。　⑧徒诵其言：《孟子·万章下》："颂其诗，读其书，不知其人，可乎？"这里所谓"徒诵其言"而曰"已知其人"，或即指徒颂其诗、读其书，不知其人，而自谓已知其人者。　⑨强不知以为知：《论语·为政》："知之为知之，不知为不知，是知也。"这是说，不懂不要装懂。而"强不知以为知"就是不懂而装懂。这段文章的意思是说，一些"儒先"、"父师"等俗儒，徒诵孔子之言，并不真知孔子，虽自谓"知之"，实乃"强不知以为知"。今人以耳代目，也就难得真知了。　⑩圣之：以之为圣。　⑪事：事奉，此指向孔子像致以供奉之礼。

**【品评】**

李贽不算文学家，但对一代文学影响甚大；他也不是文章家，但文章却别有特点。这篇《题孔子像于芝佛院》，从思想内容到文章形式，都是新颖的。这在明代台阁体诗文盛行之后、前后"七子"诗文复古之际，是别具一格的文字。

李贽当时写作这类文章，发表这类言论，曾被看作"毁圣叛道"。但事实上，李贽并非真是圣道的叛逆。他所非毁的，主要是程朱理学之伪。他之"毁圣"，正如汉代王充之"问孔"。王充所不满的，是汉代的儒学；李贽所不满的，是当代的道学。实际上,对于孔子本人和那本来的"圣道",他并非真不赞成。袁中道所撰《李温陵(贽)传》说:"其意大抵在黜虚文,求实用;舍皮毛,见神骨;去浮理,揣人情。即矫枉之遇,不无偏有重轻,而舍其批驳谑笑之语,细心读之,其破的中窍之处,大有补于世道人心。而人遂以为得罪于名教,比之毁圣叛道,则已过矣。"这就是说李贽不仅不曾"毁圣叛道",而且是在维护"世道人心",只因矫枉过正,才招人误解。其实他之"黜虚文",亦如王充之"疾虚妄",他攻击当代道学之伪,正欲恢复先秦儒学之真。

袁中道对李贽是佩服的,也是了解的,这一评价是很确切的。读了袁中道这一段话之后,再读这篇《题孔子像于芝佛院》,也就不难理解。

# 汤显祖(1550—1616)

　　字义仍,号海若,又号若士,别号清远道人。临川(今属江西)人。万历十一年(1583)进士,历任南京太常寺博士、礼部主事等职。万历十九年(1591),上书批评朝政,贬为雷州半岛徐闻县典史,后调为浙江遂昌知县。晚年弃官归家,专心写作,著有传奇《临川四梦》,今有《汤显祖诗文集》。

## 牡丹亭记题辞①

　　天下女子有情,宁有如杜丽娘者乎? 梦其人即病,病即弥连,②至手画形容传于世而后死。③死三年矣,复能溟莫中求得其所梦者而生。④如丽娘者,乃可谓之有情人耳。情不知所起,一往而深。生者可以死,死可以生。生而不可与死、死而不可复生者,皆非情之至也。梦中之情,何必非真,天下岂少梦中之人耶? 必因荐枕而成亲,⑤待挂冠而为密者,⑥皆形骸之论也。⑦

　　传杜太守事者,仿佛晋武都守李仲文、广州守冯孝将儿女事。⑧予稍为更而演之。至于杜守收考柳生,⑨亦如汉睢阳王收考谈生也。⑩

　　嗟夫,人世之事,非人世所可尽。自非通人,⑪恒以理相格耳。⑫第云理之所必无,⑬安知情之所必有邪?

**【注释】**

①本篇选自《汤显祖集·诗文集》卷三十三。《牡丹亭记》，又称《牡丹亭还魂记》，是汤显祖的著名剧作。剧中表现杜丽娘与柳梦梅生死离合的爱情故事。明刊本《牡丹亭还魂记》题词署"万历戊戌秋清远道人题"。戊戌为万历二十六年(1598)，则题词当是作者自遂昌知县任上辞官而归临川之后写的。②弥连：弥留。言久病不愈。《牡丹亭》第十八出《诊祟》旦白："我自春游一梦，卧病至今。"　③手画形容：即自己画像。此一情节见《牡丹亭》第十四出《写真》。　④溟莫：即冥莫，指阴间。⑤荐枕：即荐枕席，指女子进枕席以求亲近。语出《文选·高唐赋》。　⑥挂冠：辞官。密：此亦"亲"的意思。　⑦形骸之论：指肤浅之说。　⑧晋武都守李仲文儿女事：传说李仲文为武都太守时丧女，年十八。暂葬于郡城之北。其后张世之代为郡之太守，世之有男字子常，年二十，梦一女，自言前府君女，不幸而夭；今当更生，心相爱慕，故来相就。其魂忽然昼现，遂共枕席。后发棺视之，女尸已生肉，颜姿如故。又梦女曰："我将得生，今为君发，事遂不成！"垂泪而别。又广州守冯孝将儿女事：东晋冯孝将为广州太守，有子名马子，年二十余，夜梦一女，年十八九，言："我乃前太守徐玄方女，为鬼所害，许我更生，应为君妻。"马子至其坟祭之，发棺而视，女尸完好如生，乃抱置帐中，待气力恢复如常，遂为夫妇。事见《搜神后记》卷四、《异苑》卷八及《法苑珠林》等。　⑨杜守收考柳生：事见《牡丹亭》第五十三出《硬拷》。　⑩汉睢阳王收考谈生：汉之谈生，四十无妇，夜半读书，有女子年可十五六，来就生为夫妇，谓生曰："勿以火照我，必三年方可。"生一儿二岁。生夜伺其寝，以烛照之，见其腰上生肉，腰下唯骨。妇觉，曰："君负我！大义永离。"以一珠袍与生，裂生衣裙而别。后谈生持珠袍诣市，睢阳王家买之，王曰："是我女袍，此必发墓。"乃收谈生拷之，生具以实对。王视女冢完好如故，发视之，得谈生衣裙；又见谈生之儿，类似王女，

乃召谈生为婿。故事见《列异传》。　⑪通人：学通古今的人。
⑫以理相格：用常理推究。　⑬第：但。

## 【品评】

汤显祖以传奇名世，《牡丹亭记》尤为世人所称。这篇《题
辞》，对于剧中主人公杜丽娘这个"有情人"作了热情的歌颂。
剧作和题词都写于辞去官职之后，正代表着作者当时的思想。
由于对无情的官场十分厌恶，乃对有情的人物极口称赞。《临
川四梦》都体现着作者的人生理想，但作者自谓："一生四梦，得
意处唯在《牡丹》。"这可能因为《牡丹亭记》最能体现作者反礼
教、反道学的思想倾向。这篇《题词》虽未明言道学禁锢人的正
常情感，但他宣扬情之至上，实与道学家之闲情禁欲泾渭分明。

文章最后说："人世之事，非人世所可尽，自非通人，恒以理
相格耳。"这里所说的"通人"，可以说是"夫子自道"；而"以理相
格"者，正是道学诸儒。文章又说："第云理之所必无，安知情之
所必有邪？"这里将"情"与"理"相提并论，以"情"驳"理"，更表
现了作者鲜明的思想观点。这样的思想观点和当代的思想家
李贽以及公安派的作者袁中郎等亦颇相近。这在明代后期，在
文学史上，是一种新的倾向。

# 袁宏道(1568—1610)

　　字中郎,号石公。公安(今属湖北)人。万历二十年
(1592)进士。曾任吴县知县、顺天府教授等职。与兄宗道
(字伯修)、弟中道(字小修)并称"三袁"。为文反对"七子"
之复古,主张"独抒性灵,不拘格套"。著作今有《袁宏道
集》笺校本。

## 满井游记①

　　燕地寒,②花朝节后,③余寒犹厉。冻风时作,④作则
飞沙走砾,局促一室之内,欲出不得。每冒风驰行,未百
步,辄返。

　　廿二日,天稍和,偕数友出东直,⑤至满井。高柳夹
堤,土膏微润,一望空阔,若脱笼之鹄。⑥于时冰皮始解,
波色乍明,鳞浪层层,⑦清彻见底,晶晶然如镜之新开,而
冷光之乍出于匣也。山峦为晴雪所洗,娟然如拭,鲜妍
明媚,如倩女之靧面,⑧而髻鬟之始掠也。⑨柳条将舒未
舒,柔梢披风,麦田浅鬣寸许。⑩游人虽未盛,泉而茗
者,⑪罍而歌者,⑫红装而蹇者,⑬亦时时有。风力虽尚
劲,然徒步则汗出浃背。凡曝沙之鸟,⑭呷浪之鳞,⑮悠
然自得,毛羽鳞鬣之间,皆有喜气。始知郊田之外,未始
无春,而城居者未之知也。

　　夫能不以游堕事,⑯而潇然于山石草木之间者,惟此

官也。⑰而此地适与余近,余之游将自此始,恶能无纪?已亥之二月也。⑱

**【注释】**

①本篇选自《袁宏道集》卷十四。满井:北京东北郊的地名,该地有一古井,"井高于地,泉高于井,四时不落"(见《帝京景物略》卷一)。本文写于万历二十七年(1599)。 ②燕:指今河北省北部,古属燕国。 ③花朝节:旧俗以农历二月十二日为百花生日,称花朝节,又称花朝。一说二月初二或二月十五日为花朝节。 ④冻风时作:冷风时起。 ⑤东直:东直门。北京的城门之一。 ⑥鹄:天鹅。 ⑦鳞浪:细浪。 ⑧倩女:美女。靧(huì)面:洗脸。 ⑨掠:梳。 ⑩鬣(liè):马鬃。 ⑪泉而茗者:用泉水煮茶的。 ⑫罍(léi)而歌者:持酒器饮而歌的。 ⑬红装而蹇者:红装,指青年女子。蹇,驴,此指骑驴。 ⑭曝沙之鸟:水边沙滩晒太阳的鸟。 ⑮呷(xiā)浪之鳞:在波浪中呼吸的鱼。 ⑯堕事:影响事务。 ⑰此官:指作府学教官。 ⑱己亥:即万历二十七年。

**【品评】**

中郎一生,"好山水,喜谈谑"。曾做县令,但颇厌烦。例如万历二十三年初任吴县县令,便在《与毛太初》书中说:"弟已得吴令,令甚烦苦,殊不如田舍翁饮酒下棋之乐也。"又在《与丘长孺》书中说:"弟作令备极丑态,不可名状。大约遇上官则奴,候过客则妓,治钱谷则仓老人,谕百姓则保山婆。一日之间,百暖百寒,乍阴乍阳,人间恶趣,令一身尝尽矣。苦哉,毒哉!"由于深感做令之苦,不久便辞去县令,而走吴越。直到万历二十六年才到京师就任学官。学官不同于县令。他虽然不久又即辞官,但在这段时间里,曾经不断出游。这篇《满井游记》,就是写于此时的作品。

中郎生长南方,不免以燕地之寒为苦。但这次早春之游,却极有兴致。对京郊的早春之景,描绘得极为出色。诸如"高柳夹堤,土膏微润","冰皮始解,波色乍明","柳条将舒未舒,柔梢披风,麦田浅鬣寸许",都写得酷肖京郊早春的特色。尤其是写到"曝沙之鸟,呷浪之鳞,悠然自得,毛羽鳞鬣之间,皆有喜气"。作者内心之舒畅,情趣之盎然,都跃然纸上。一派早春光景,令人不禁神往。

《四库全书总目·袁中郎集提要》说三袁:"诗文变板重为轻巧,变粉饰为本色,致天下耳目于一新。"这篇游记,遣词造语,确有"轻巧"、"本色"的特点。在读过明代前期的某些文章之后,再读这样的作品,也确有"耳目一新"之感。

# 徐文长传①

余一夕坐陶太史楼,②随意抽架上书,得《阙编》诗一帙,③恶楮毛书,④烟煤败黑,微有字形。稍就灯间读之,读未数首,不觉惊跃,急呼周望:⑤"《阙编》何人作者,今邪古邪?"周望曰:"此余乡徐文长先生书也。"两人跃起,灯影下读复叫,叫复读,童仆睡者皆惊起。盖不佞生三十年,⑥而始知海内有文长先生,噫,是何相识之晚也!因以所闻于越人士者,略为次第,⑦为《徐文长传》。

徐渭,字文长,为山阴诸生,⑧声名藉甚。⑨薛公蕙校越时,⑩奇其才,有国士之目。⑪然数奇,⑫屡试辄蹶。⑬中丞胡公宗宪闻之,⑭客诸幕。⑮文长每见,则葛衣乌巾,⑯

纵谭天下事。胡公大喜。是时公督数边兵,[17]威振东南,介胄之士,膝语蛇行,[18]不敢举头,而文长以部下一诸生傲之,议者方之刘真长、杜少陵云。[19]会得白鹿,属文长作表,[20]表上,永陵喜。[21]公以是益奇之,一切疏记,[22]皆出其手。

　　文长自负才略,好奇计,谈兵多中,视一世士无可当意者,然竟不偶。[23]文长既已不得志于有司,[24]遂乃放浪曲蘗,[25]恣情山水,走齐、鲁、燕、赵之地,穷览朔漠,[26]其所见山奔海立,沙起云行,风鸣树偃,幽谷大都,人物鱼鸟,一切可惊可愕之状,一一皆达之于诗。其胸中又有勃然不可磨灭之气,英雄失路托足无门之悲,故其为诗,如嗔如笑,如水鸣峡,如种出土,[27]如寡妇之夜哭,羁人之寒起,[28]虽其体格时有卑者,然匠心独出,有王者气,[29]非彼巾帼而事人者所敢望也。[30]文有卓识,气沉而法严,不以模拟损才,不以议论伤格,韩、曾之流亚也。[31]文长既雅不与时调合,[32]当时所谓骚坛主盟者,[33]文长皆叱而奴之,故其名不出于越,悲夫!喜作书,笔意奔放如其诗,苍劲中姿媚跃出,欧阳公所谓"妖韶女老,自有余态"者也。[34]间以其余,旁溢为花鸟,[35]皆超逸有致。卒以疑杀其继室,[36]下狱论死,张太史元汴力解乃得出。[37]

　　晚年愤益深,佯狂益甚,[38]显者至门,或拒不纳。时携钱至酒肆,呼下隶与饮。或自持斧击破其头,血流被面,头骨皆折,揉之有声。或以利锥锥其两耳,深入寸余,竟不得死。周望言:"晚岁诗文益奇,无刻本,集藏于家》。"余同年有官越者,托以抄录,今未至。余所见者,《徐文长集》《阙编》二种而已。然文长竟以不得志于时,抱愤而卒。

石公曰：㊴"先生数奇不已，遂为狂疾；狂疾不已，遂为圄圉。㊵古今文人牢骚困苦，未有若先生者也。虽然，胡公间世豪杰，永陵英主，幕中礼数异等，㊶是胡公知有先生矣；表上，人主悦，是人主知有先生矣。独身未贵耳。先生诗文崛起，一扫近代芜秽之习，百世而下，自有定论，胡为不遇哉？"梅客生尝寄余书曰：㊷"文长吾老友，病奇于人，人奇于诗。"余谓文长无之而不奇者也。无之而不奇，斯无之而不奇也。㊸悲夫！

**【注释】**

①本篇选自《袁中郎全集》卷四。徐文长，即徐渭（1521—1593），字文长，山阴（今浙江绍兴）人。嘉靖秀才，曾任胡宗宪幕府书记。兼擅诗文书画，著有《徐文长集》及杂剧《四声猿》四种。　②陶太史：即陶望龄。　③《阙编》：徐渭于万历十八年自刻的诗文集。帙：书函。　④恶楮：劣纸。楮（chǔ），树名，皮可造纸，因代称纸。毛：毛草。　⑤周望：陶望龄字，号石篑。⑥不佞：不才。自谦之称。　⑦次第：编排。　⑧诸生：府、州、县学生员，统称"诸生"。　⑨声名藉甚：很有名声。　⑩薛公蕙：即薛蕙，亳州人，官吏部考功司郎中。校越：做浙江省乡试主考官。　⑪国士：古称一国闻名之士。目：名称。　⑫数奇（jī）：命运不好。　⑬蹶：跌倒，失败。　⑭中丞：明时借称巡抚。胡宗宪曾任浙江巡抚。　⑮客诸幕：以之为幕僚。　⑯葛衣乌巾：葛布之衣、乌纱之巾。非官服。　⑰公督数边兵：指胡宗宪总督南直隶、浙、闽军务，受命剿倭。　⑱膝语蛇行：指低声下气，不敢仰视。　⑲方之刘真长、杜少陵：方，比拟。刘真长，名惔，真长其字。曾为晋简文帝的上宾。杜少陵，杜甫，曾为剑南节度使严武的幕僚。　⑳属：同嘱。　㉑永陵：明世宗嘉靖皇帝的陵墓。　㉒疏记：奏疏、奏记。　㉓不偶：不遇。

㉔有司：这里专指主考官。　㉕曲蘖：酒母。这里指酒。
㉖朔漠：北方沙漠地区，此指宣化府一带。　㉗种出土：种子破
土而出。　㉘羁人：羁旅在外的人。寒起：寒夜不眠。　㉙王
者气：这里指气概不凡。　㉚巾帼：古代女子头巾和发饰，代指
卑弱的妇女。　㉛韩曾：韩愈、曾巩。　㉜雅：一向。　㉝骚坛
主盟者：骚坛，即诗坛。主盟，为领袖。这里指后"七子"的王世
贞等。　㉞妖韶女老，自有余态：欧阳修《水谷夜行寄子美圣
俞》诗云："譬如妖韶女，老自有余态。"妖韶：艳丽。　㉟余：余
力。花鸟：花鸟画。　㊱以疑杀其继室：因有所猜疑而杀其续
娶之妻。　㊲张太史元汴：张元汴官至翰林侍读。解：解救。
㊳佯狂：胡宗宪下狱后，徐渭恐牵连，遂佯狂。　㊴石公曰：作
者号石公，传末用"石公曰"发论赞之语。　㊵囹圄（líng yǔ）：
监狱。　㊶礼数异等：待遇与众不同。　㊷梅客生：梅国桢字
客生，湖北麻城人，官至兵部右侍郎。　㊸无之而不奇（jī）：无
往而不困厄。

**【品评】**

徐文长多才多艺，而"不得志于时"，中郎为之作传，专门写
他人奇而数奇，是一篇不同于寻常的传记作品。

在中国，自古以来，文人之有高才奇行者，大半"不得志于
时"。从东方朔《答客难》、扬雄《解嘲》，到汉代以来的许多《感
士不遇》、《悲士不遇》的诗文辞赋，都反映了这一情况。到了唐
代以后，"怀才不遇"之文，更是层出不穷。这是因为在中国长
期的封建社会中，世家豪族的特权统治根深蒂固，一些文人学
者的政治出路一向困难重重。科举制度虽曾一度为下层文人
开了"才路"，但在时文程式规范之下，高才奇士也难入选。况
且士之奇者，又大抵不会谋官，往往穷愁而死。这篇文章说"古
今文人牢骚困苦，未有若先生者"，恐不其然。事实上，古今文
人牢骚困苦如文长者，为数是不少的。中郎对于这一历史传

统，未必不知。由于痛切，故极言之。

当然，文长为人为文之奇，亦有新的特点。在当时的历史条件下，从思想到文风，都是特立不群的。在明代，文学家之有徐文长，正如思想家之有李卓吾，都不仅是奇人，而且是狂士。狂士不可能得志，而且不得好死，也是自古而然的。

作者中郎，也是一个奇人。他的这篇传记，亦传状之奇者。


# 孤　山①


孤山处士，②妻梅子鹤，是世间第一种便宜人。我辈只为有了妻子，便惹许多闲事。撇之不得，傍之可厌，如衣败絮行荆棘中，步步牵挂。近日雷峰下，有虞僧孺，③亦无妻室，殆是孤山后身。所著《溪上落花诗》，虽不知于和靖如何，然一夜得一百五十首，可谓迅捷之极。至于食淡参禅，则又加孤山一等矣。何代无奇人哉！


**【注释】**

①本篇选自笺校本《袁宏道集》卷十。万历二十五年（1597）在杭州作。　②孤山处士：即林逋（957—1028），字君复，钱塘（今浙江杭州）人。少孤力学，恬淡不仕，结庐西湖之孤山，二十年足不及城市，自为墓于庐侧。卒，赐谥和靖。逋无妻子，所居植梅蓄鹤，因有妻梅子鹤之称。　③虞僧孺：不详。


**【品评】**

这篇短文反映了中郎人生观的一个侧面。他在《与徐扶明》一书中曾说："弟观世间学道有四种人：有玩世，有出世，有谐世，有适世。"玩世者，指庄周、列御寇等道家一派；出世者，指达摩、马祖等佛教中人；谐世者，则指孔子以后的"一派措大"。他最企慕的是"适世一种"。他说这种人不禅不儒，亦禅亦儒，学兼儒释，以求"适世"。他自己是以此自期的。

但事实上中郎并未真能做到"适世"。他虽追求"适世"，却又要做官；既要妻子，又嫌牵挂。《孤山》一文，正反映了他的这种思想情绪。

文章称赞孤山处士，以为是"世间第一种便宜人"，"妻梅子鹤"，脱却了许多"闲事"。但这样的"便宜人"，中郎是做不到的。鲁迅曾说中郎"在野时要做官，做了官大叫苦"（《选本》），本文亦"叫苦"之一例。

但中郎为人的一种思想情绪在这篇短文中却暴露得淋漓尽致。心作如是想，话便如此说。虽然浅露，却甚真实。

# 钟　惺（1574—1625）

字伯敬，号退谷，竟陵（今湖北天门）人，万历三十八年（1610）进士。历任南京礼部郎中、福建提学佥事。与谭元春同为竟陵派的作者。诗文反对"七子"之拟古，亦不满公安派之浅易，提倡"幽情"、"别趣"，以"幽深孤峭"见称。著有《隐秀轩集》。

## 浣花溪记①

出成都南门，左为万里桥，②西折纤秀长曲，所见如连环、如玦、如带、如规；色如鉴、如琅玕、如绿沉瓜，③窈然深碧，潆回城下者，皆浣花溪委也。④然必至草堂，⑤而后浣花有专名，则以少陵浣花居在焉耳。⑥

行三四里为青羊宫，⑦溪时远时近，竹柏苍然，隔岸阴森者尽溪，平望如荠，⑧水木清华，神肤洞达。⑨自宫以西，流汇而桥者三，相距各不半里。舁夫云"通灌县"，⑩或所云"江从灌口来"是也。⑪

人家住溪左，则溪蔽不时见，稍断则复见溪，如是者数处，缚柴编竹，颇有次第。桥尽，一亭树道左，署曰："缘江路"。过此则武侯祠，⑫祠前跨溪为板桥一，覆以水槛，乃睹"浣花溪"题榜。⑬过桥一小洲横斜插水间如梭。溪周之，非桥不通，置亭其上，题曰："百花潭水"。由此亭还度桥，过梵安寺，⑭始为杜工部祠。⑮像颇清古，⑯不必求肖,想当尔尔。⑰石刻像一,附以本传,⑱何仁仲别驾署华阳时所为也。⑲碑皆不堪读。

钟子曰:杜老二居,浣花清远,东屯险奥,⑳各不相袭。严公不死,㉑浣溪可老,㉒患难之于朋友大矣哉!然天遣此翁增夔门一段奇耳。㉓穷愁奔走,犹能择胜,㉔胸中暇整,㉕可以应世,如孔子微服主司城贞子时也。㉖

时万历辛亥十月十七日,㉗出城欲雨,顷之霁。使客游者,㉘多由监司郡邑招饮,㉙冠盖稠浊,㉚磬折喧溢,㉛迫暮趣归。㉜是日清晨,偶然独往。楚人钟惺记。㉝

**【注释】**

①本篇选自《隐秀轩文·辰集》。浣花溪在成都西南郊区,又名百花潭。 ②万里桥:成都城南锦江之上。 ③玦(jué):环状而有缺口的玉佩。规:此指圆形。鉴:镜。琅玕(láng gān):珠玉。绿沉瓜:深绿色的瓜。《南史·任昉传》:"昉为新安太守,卒于官。武帝闻问,方食西苑绿沉瓜,投之于盘,悲不自胜。" ④委:水的下流。 ⑤草堂:即杜甫故居。 ⑥少陵:杜甫自称"少陵野老"。浣花居:即草堂。 ⑦青羊官:又名青羊观,道教的庙宇,在今成都市文化公园内。 ⑧荠(jì):荠菜。⑨神肤:精神和形体。洞达:此指爽快。 ⑩舁(yú)夫:轿夫。⑪灌口:灌县西北山名。"江从灌口来",未详。 ⑫武侯祠:诸葛亮的祠堂。 ⑬榜:即匾。 ⑭梵安寺:又名草堂寺。⑮杜工部祠:纪念杜甫的祠堂。 ⑯清古:清瘦、古老。 ⑰想当尔尔:即"想当然",未必其然。 ⑱本传:指《唐书》的《杜甫传》。 ⑲别驾:通判之别称,州、府的副职。署:代理。华阳:今双流县。 ⑳东屯:夔州(今四川奉节)东瀼溪。杜甫于大历元年(766)移居夔州,后即迁居于此。 ㉑严公:严武,曾任剑南节度使、成都府尹,与杜甫为世交,杜甫入蜀,曾依靠他。

㉒可老：可以终老于此。　㉓天遣：言天意驱使。此翁：指杜甫。夔门：此指夔州一带。一段奇：指一段不平凡的遭遇并写出了不平凡的作品。　㉔胜：此指胜地。　㉕暇整：即整暇，"好整以暇"，言从容不迫。　㉖孔子微服主司城贞子时：孔子曾从宋国变装逃到陈国，住在陈国大夫司城贞子家中。当时孔子也曾从容不迫。　㉗万历辛亥：万历三十九年（1611）。㉘使客：指朝廷派的使臣。　㉙监司：此指按察使。郡邑：此指州县之官。招饮：招待宴饮。　㉚冠盖：指达官、车驾。稠浊：聚集、众多。　㉛磬折：鞠躬作揖。喧溢：指人声嘈杂。　㉜趣（cù）：急。　㉝楚人：竟陵为战国楚地，故作者自称楚人。

## 【品评】

　　钟惺是竟陵派的代表作家，其诗文作品，有与公安派袁宏道等人共同的特点，即：文笔清新，抒写"性灵"；但为了矫正公安派之"浅俗"，竟陵派又比较追求用语之冷僻生涩，内容之"幽情单绪"。这篇《浣花溪记》可以为例。

　　文章开始写出城所见，就不同于前人之某些游记先叙"道里"。其写溪水之状，连用"如连环、如玦、如带、如规；色如鉴、如琅玕、如绿沉瓜"，以至"窈然深碧"等等，使人入目，即感到新鲜。而一路写来，渐入幽胜，亦复给人以"幽深孤峭"之感。

　　文章一路写景，绝不及人。而一路之景，又只见"曲径通幽"，似是"一尘不染"。但写到最后，忽又写出"使客游者，多由监司郡邑招饮，冠盖稠浊，磬折喧溢"。这与作者自己之"是日清晨，偶然独往"，恰成对比。由此看来，则此时此地，既有幽人独往，也有俗客比肩。作者所追求的"幽深"之景，又平添了一些令人厌烦的角色。这对于浣花溪的胜地来说，自是一种污染；但古往今来，无不如此。作者如果生于后世，也许更加"感慨系之"。

# 徐宏祖（1586—1641）

　　字振之，号霞客，江阴（今属江苏）人。幼年好学，博览史籍、山海图经及舆地志，有"穷九州内外，探奇测秘"之志，从二十二岁开始周游，不求仕进。足迹北至盘山，南至崇善，三十余年，走遍南北各地。所作日记遗稿，由其友人编为《徐霞客游记》，后人称为"奇书"。

## 游黄山日记（后）①

　　戊午九月初三日。②

　　出白岳榔梅庵，③至桃源桥。从小桥右下，陡甚，即旧向黄山路也。④七十里，宿江村。⑤

　　初四日。

　　十五里，至汤口，⑥五里，至汤寺，⑦浴于汤池。⑧扶杖望朱砂庵而登。⑨十里，上黄泥冈。向时云里诸峰，渐渐透出，亦渐渐落吾杖底。转入石门，⑩越天都之胁而下，⑪则天都、莲花二顶，⑫俱秀出天半。⑬路旁一歧东上，⑭乃昔所未至者。遂前趋直上，几达天都侧。复北上，行石罅中。⑮石峰片片夹起，路宛转石间，塞者凿之，陡者级之，⑯断者架木通之，悬者植梯接之。下瞰峭壑阴森，枫松相间，五色纷披，灿若图绣。因念黄山当生平奇览，而有奇若此，前未一探，兹游快且愧矣！

　　时夫仆俱阻险行后，余亦停弗上，乃一路奇景，不觉引余独往。既登峰头，一庵翼然，为文殊院，⑰亦余昔年欲登未登者。左天都，右莲花，背倚玉屏风，两峰秀色，俱可手揽。⑱四顾奇峰错列，众壑纵横，真黄山绝胜处！非再至，焉知其奇若此？遇游僧澄源至，⑲兴甚勇。⑳时已过午，奴辈适至，立庵前，指点两峰。庵僧谓："天都虽近而无路，莲花可登而路遥，只宜近盼天都，明日登莲顶。"余不从，决意游天都。挟澄源、奴子仍下峡路，㉑至天都侧，从流石蛇行而上，攀草牵棘，石块丛起则历块，㉒石崖侧削则援崖，每至手足无可着处，澄源必先登垂接。每念上既如此，下何以堪！终亦不顾。历险数次，遂达峰顶。惟一石顶壁起犹数十丈，澄源寻视其侧，得级，挟予以登。万峰无不下伏，独莲花与抗耳。时浓雾半作半止，㉓每一阵至，则对面不见。眺莲花诸峰，多在雾中。独上天都，予至其前，则雾徙于后；予越其右，㉔则雾出于左。其松犹有曲挺纵横者，柏虽大干如臂，无不平贴石上如苔藓然。山高风巨，雾气去来无定。下盼诸峰，时出为碧峤，㉕时没为银海。再眺山下，则日光晶晶，别一区宇也。日渐暮，遂前其足，㉖手向后据地，坐而下脱。至险绝处，澄源并肩手相接。度险，下至山坳，㉗暝色已合。复从峡度栈以上，㉘止文殊院。

初五日。

平明，从天都峰坳中北下二里，石壁岈然。㉙其下莲花洞正与前坑石笋对峙，㉚一坞幽然。㉛

别澄源，下山至前歧路侧，向莲花峰而趋。一路沿危壁西行，凡再降升，将下百步云梯，㉜有路可直跻莲花峰。㉝既陟而磴绝，㉞疑而复下。隔峰一僧高呼曰："此正莲花道也！"乃从石坡侧度石隙，径小而峻，峰顶皆巨石鼎峙，中空如室，从其中叠级直上，级穷洞转，屈曲奇诡，如下上楼阁中，忘其峻出天表也。㉟一里，得茅庐，倚石罅中。方徘徊欲升，则前呼道之僧至矣。僧号凌虚，结茅于此者。遂与把臂陟顶。㊱顶上一石，悬隔二丈，僧取梯以度，其巅廓然。㊲四望空碧，即天都亦俯首矣。盖是峰居黄山之中，独出诸峰上，四面岩壁环耸，遇朝阳霁色，鲜映层发，令人狂叫欲舞。

久之，返茅庵，凌虚出粥相饷，㊳啜一盂，㊴乃下，至歧路侧，遇大悲顶，上天门。㊵三里，至炼丹台。㊶循台嘴而下，观玉屏风、三海门诸峰，㊷悉从深雾中壁立起。其丹台一冈中垂，颇无奇峻，惟瞰翠微之背，㊸坞中峰峦错耸，上下周映，非此不尽瞻眺之奇耳。还过平天矼，㊹下后海，㊺入智空庵，别焉。㊻三里，下狮子林，㊼趋石笋矼，㊽至向年所登尖峰上，倚松而坐。瞰坞中峰石回攒，㊾藻绘满眼。㊿始觉匡庐、石门，(51)或具一体，(52)或缺一面，(53)不若此之闳博富丽也。

久之，上接引崖，(54)下眺坞中，阴阴觉有异。复至冈上尖峰侧，践流石，援棘草，随坑而下，愈下愈深，诸峰自相掩蔽，不能一目尽也。日暮，返狮子林。

初六日。

别霞光，(55)从山坑向丞相原下。(56)七里，至白沙岭，(57)霞光复至。因余欲观牌楼石，(58)恐白沙庵无指者，追来为导，遂同上岭，指岭右隔坡，有石丛立，下分上并，即牌楼石也。余欲逾坑溯涧，直造而下，僧谓："棘迷路绝，必不能行；若从坑直下丞相原，不必复上此岭；若欲从仙灯而往，(59)不若即由此岭东向。"余从之，循岭脊行。岭横亘天都、莲花之北，狭甚，旁不容足，南北皆崇峰夹映。岭尽北下,仰瞻右峰罗汉石,[50]圆头秃顶,俨然二僧也。下至坑中,逾涧而上,共四里,登仙灯洞。洞南向,正对天都之阴。僧架阁连板于外,[61]而内犹穹然,[62]天趣未尽刊也。[63]复南下三里,过丞相原,山间一夹地耳。其庵颇整,四顾无奇,竟不入。复南向循山腰行五里,渐下,洞中泉声沸然,从石间九级下泻,每级一下,有潭渊碧,[64]所谓九龙潭也。[65]黄山无悬流飞瀑,惟此耳。又下五里,遇苦竹滩,[66]转循太平县路,[67]向东北行。

**【注释】**

①本篇选自《徐霞客游记》。黄山,在安徽省黟县西北,古名北黟山,唐天宝年间改为今名。作者曾两次游黄山,本篇为万历四十六年(1618)作者再游时的日记。　②戊午:即万历四十六年。　③白岳:山,在黄山西南。　④旧向黄山路:第一次游黄山所经之路。　⑤江村:黄山西北的镇名。　⑥汤口:黄山山下镇名。　⑦汤寺:原名祥符寺,建于唐代开元年间,因地近汤泉,故又名汤寺。　⑧汤池:即汤泉。　⑨朱砂庵:本名慈光寺,建于明嘉靖年间,在朱砂峰下。　⑩石门:峰名,因其两壁夹峙如门而得名。　⑪天都:黄山主峰。胁:此指山峰两侧。⑫莲花:与天都并称的另一高峰。　⑬天半:半空。　⑭歧:岔路。　⑮罅(xià):裂缝。　⑯级:石级,此用为动词。　⑰文殊院:明代普门法师所建的寺院。　⑱揽:取。　⑲游僧:云游的僧人。　⑳兴甚勇:兴致甚高。　㉑挟:夹持,此有偕同意。㉒历:经过。　㉓半作半止:忽起忽止,时有时无。　㉔趆(dī):疾走。　㉕峤:高而尖的山。　㉖前其足:足向前伸。　㉗坳(ào):低洼之地。　㉘栈:栈道。　㉙呀(xiā)然:山谷深而空之状。　㉚莲花洞:在莲花峰下。坑:此指山壑。石笋:山峰名。　㉛坞:此指四面高而中间低的山谷。　㉜百步云梯:通

往莲花峰必经的险要地段。　③跻(jī)：升、登。　③陟：登。磴：石级。　③天表：天外。　③把臂：挽握手臂。　③廊然：空旷之状。　③饷：以食物款待。　③啜(chuò)：吃喝。④天门：在天都峰脚下。　④炼丹台：在炼丹峰上。传说容成子与浮丘公曾炼丹于此。　④三海门：在石门峰与炼丹台之间的山峰。　④翠微：峰名。　④平天矼(gāng)：峰名，在炼丹峰上。矼，当地人读如"虹"，意谓如虹贯天。　④后海：亦峰名。⑥别焉：指与凌虚告别。　④狮子林：在炼丹峰左侧。　④石笋矼：在始信峰上。　④回攒(cuán)：回环攒聚。　⑤藻：文彩。缋：同"绘"。　⑤匡庐：即庐山。相传古有匡俗先生结庐于此，故称匡庐。石门：此指浙江省青田县西之石门山。⑤具一体：指具有黄山景色之一部分。　⑤缺一面：指缺少黄山景色的一个方面。　⑤接引崖：山头名。　⑤霞光：僧名。⑤丞相原：在石门峰与钵盂峰之间，相传宋理宗时丞相程元凤曾在此读书，故名。　⑤白沙岭：在丞相原与皮篷岭之间。⑤牌楼石：即"天牌石"，俗名"仙人榜"。　⑤仙灯：洞名，在钵盂峰下。　⑥罗汉石：状如罗汉之石。　⑥架阁：架起阁道(即栈道)。连板：护板、栏干之类。　⑥穹然：空洞幽深之状。⑥天趣：天然的情趣。刊：此指失掉。　⑥渊碧：深青。　⑥九龙潭：在丞相原附近，百丈飞泉，从岩巅下注深潭。　⑥苦竹滩：即苦竹溪，在九龙潭下。　⑥太平县：在黄山东北。

**【品评】**

　　徐宏祖之纵情山水，不同于以往的任何文人学者，他的一部《徐霞客游记》，也不同于以往的任何一篇山水游记。古人著书，有所谓"集大成"者，他的《徐霞客游记》，也可以说是集游记之大成者。在这部游记之后，清代以来，虽有山水游记，却可以说无出其右者。

　　明代后期，社会状况发生了新的变化，社会思潮也有新的动向，一些文人学者的生活情趣亦出现了新的特点。鄙弃仕途，放浪山水，是个重要的方面。公安、竟陵两派作家，于抒情小品之外，亦多山水小品，有的作家还撰有山水专著，如刘侗、于奕正的《帝京景物略》，便是开创的一部。而《徐霞客游记》，则尤为突出。

徐宏祖的为人是有特点的，清人潘耒在《徐霞客游记序》中说他"不避风雨，不惮虎狼，不计程期，不求伴侣，以性灵游，以躯命游，亘古以来，一人而已"。这样的人物，和那寄情山水者不同，也和游山玩水者不同，真是"亘古以来，一人而已"。

因此之故，他的游记，也就不同于前人所作。以这篇《游黄山记》（后）而论，其观察之细，记叙之详，描绘之工，刻画之微，几乎处处引人入胜，如临其境。其中许多动人的描述，只是如实叙述，并非有意求奇。虽写幽深孤峭之景，而用语自然平易。无公安派行文之浅俗，亦无竟陵派用语之孤峭，文章特点是很突出的。

# 张　岱（1597—1689）

　　字宗子，又字石公，号陶庵。山阴（今浙江绍兴）人。居杭州。自曾祖以来，都是显官。岱前半生为豪华公子，明亡之后，隐居剡溪，蔬食不继。所为诗文，多故国之思，身世之悲。著述甚富，有《陶庵梦忆》、《西湖梦寻》、《琅嬛文集》等。

## 柳敬亭说书①

　　南京柳麻子，黧黑，②满面疤瘤，③悠悠忽忽，土木形骸。④善说书，一日说书一回，定价一两。十日前先送书帕下定，⑤常不得空。南京一时有两行情人：⑥王月生、⑦柳麻子是也。

　　余听其说景阳冈武松打虎白文，⑧与本传大异。⑨其描写刻画，微入毫发，然又找截干净，⑩并不唠叨㗊𠲿。⑪声如巨钟，说至筋节处，⑫叱咤叫喊，汹汹崩屋。⑬武松到店沽酒，店内无人，謈地一吼，⑭店中空缸空甓皆瓮瓮有声。⑮闲中着色，⑯细微至此。

　　主人必屏息静坐，倾耳听之，彼方掉舌。⑰稍见下人咕哗耳语，⑱听者欠伸有倦色，辄不言，故不得强。每至丙夜，⑲拭桌剪灯，素瓷静递，⑳款款言之。㉑其疾徐轻重，吞吐抑扬，入情入理，入筋入骨，摘世上说书之耳，㉒而使之谛听，㉓不怕其齰舌死也。㉔

柳麻子貌奇丑,然口角波俏,㉕眼目流利,衣服恬静,直与王月生同其婉娈,㉖故其行情正等。

【注释】

①本篇选自《陶庵梦忆》卷五。柳敬亭,明末说书艺人,泰州(今江苏泰州市)人。本姓曹,名逢春。因避仇逃亡,改名变姓。绰号柳麻子。曾为左良玉幕客。明亡后仍以说书为业,潦倒而死。黄宗羲撰有《柳敬亭传》。 ②黧(lí):色黄而黑。 ③疤瘰(bā léi):即疤痕,疙瘩。 ④"悠悠忽忽"二句:语出《世说新语·容止》,比喻随随便便,行止自然。 ⑤送书帕下定:书帕:书束和绢帕(内装定金)。下定:约定说书节目、时间、地点。 ⑥行(háng)情人:指最有行市的人。行情,行市。 ⑦王月生:名歌姬。其人事迹略见《陶庵梦忆》卷八。 ⑧白文:即说大书的脚本。当时南方说书,有"大书"、"小书",大书全是白文,不弹不唱。 ⑨本传:指《水浒传》。 ⑩找:指中间插叙、补述以前的情节。截:指说到中间暂且收住不说。干净:指或补或收,干净利落。 ⑪嘚夬(bó guài):不详,盖指废话。或属下句,形容声音洪亮。 ⑫筋节:即关键。 ⑬汹汹:此形容声如洪涛。 ⑭礜(bó)地一吼:如因痛而呼叫。 ⑮甓(bì):此指瓦器。 ⑯闲中着色:于非"筋节处"加以渲染。 ⑰掉舌:开口。 ⑱下人:仆婢,此或指服役人员。咕哔(zhé bì):耳语。 ⑲丙夜:半夜。 ⑳素瓷静递:送上一杯茶。素瓷,此指精致的茶杯。静递,此指敬茶。 ㉑款款:即缓缓。 ㉒说书之耳:即说书人之耳。 ㉓谛听:细听。 ㉔齰(zé)舌:咬舌。言心服口服,无话可说。 ㉕口角波俏:此指嘴巴伶巧。 ㉖婉娈:美好。

**【品评】**

这篇短文可以说是一幅人物特写。作者写柳敬亭这个人物，不是写他一生行事，而是只写他的说书伎艺。写他说书，又只写他说武松进店的一个片断。行文的剪裁结构，都与一般人物传记不同。

文章开端，介绍其人，直截了当，仅寥寥数语，便凸显了柳敬亭的形貌特点："麻子，黧黑，满面皴瘤，悠悠忽忽，土木形骸。"这样一副形相，不仅"貌不惊人"，甚且不免"面目可憎"。这样的人物，即使不致"语言乏味"，也未必能使"四座皆惊"。但是，作者立即指出：正是这样一个人物，却和才貌出众的歌伎王月生具有同等的声价。对此不能不令人吃惊。

作者对柳敬亭的说书伎艺作了生动具体的描述。一是"描写刻画，微入毫发"。而又"找截干净，并不唠叨"。二是"说至筋节处，叱咤叫喊，汹汹崩屋"。甚至"謷地一吼"，"空缸空甓皆瓮瓮有声"。这是柳敬亭说书的又一特点。也是一种不同凡响的语言艺术。还有，"其疾徐轻重，吞吐抑扬，入情入理，入筋入骨"，并非仅以"叱咤叫喊"来吸引听众。这是境界甚高的语言艺术。

这篇文章对柳敬亭说书的描写刻画，也可以说是"微入毫发"的，而且是颇带感情的。柳敬亭晚年潦倒而死，张岱晚年亦身世凄凉。抚今思昔，不免兴叹，故盛衰之感，溢于笔端。


# 西湖七月半①

西湖七月半，一无可看，止可看看七月半之人。看七月半之人，以五类看之。其一楼船箫鼓，②峨冠盛

筵,③灯火优傒,④声光相乱,名为看月而实不见月者,看
之。其一亦船亦楼,名娃闺秀,⑤携及童娈,⑥笑啼杂之,
还坐露台,⑦左右盼望,身在月下而实不看月者,看之。
其一亦船亦声歌,名妓闲僧,浅斟低唱,⑧弱管轻丝,⑨竹
肉相发,⑩亦在月下,亦看月而欲人看其看月者,看之。
其一不舟不车,⑪不衫不帻,⑫酒醉饭饱,呼群三五,跻入
人丛,⑬昭庆断桥,⑭嘄呼嘈杂,⑮装假醉,唱无腔曲,⑯月
亦看,看月者亦看,不看月者亦看,而实无一看者,看之。
其一小船轻幌,净几暖炉,茶铛旋煮,⑰素瓷静递,⑱好友
佳人,邀月同坐,或匿影树下,或逃嚣里湖,⑲看月而人不
见其看月之态,亦不作意看月者,⑳看之。

　　杭人游湖,巳出西归,㉑避月如仇。是夕好名,逐队
争出,多犒门军酒钱,㉒轿夫擎燎,㉓列俟岸上。一入舟,
速舟子急放断桥,㉔赶入胜会。以故二鼓以前,㉕人声鼓
吹,如沸如撼,㉖如魇如呓,㉗如聋如哑。大船小船一齐
凑岸,一无所见,止见篙击篙,舟触舟,肩摩肩,面看面而
已。少刻兴尽,官府席散,皂隶喝道去,㉘轿夫叫,船上人
怖以关门,灯笼火把如列星,一一簇拥而去。岸上人亦
逐队赶门,渐稀渐薄,顷刻散尽矣。

　　吾辈始舣舟近岸,㉙断桥石磴始凉,席其上,呼客纵
饮。此时月如镜新磨,山复整妆,湖复颒面,㉚向之浅斟
低唱者出,匿影树下者亦出,吾辈往通声气,㉛拉与同坐。
韵友来,㉜名妓至,杯箸安,㉝竹肉发。月色苍凉,东方将
白,客方散去。吾辈纵舟,酣睡于十里荷花之中,香气拍
人,清梦甚惬。㉞

**【注释】**

①本篇选自《陶庵梦忆》卷七。这是一篇游记文字,乃作者追忆所记。　②楼船:此指有层楼的游船。箫鼓:此指船上有奏乐者。③峨冠:高冠,此指士大夫、官员装束者。　④优:倡优。僮:同童,此指仆人。　⑤娃:美女。　⑥童娈:即娈童,漂亮的男童。⑦露台:此指游船上的平台。　⑧浅斟:慢慢地斟酒。低唱:低声唱歌。此同前面的"楼船箫鼓,峨冠盛筵"不同。⑨管:指管乐器。丝:指弦乐器。　⑩竹肉:指管乐和歌喉。⑪不舟不车:不乘船不乘车。　⑫衫:此指长衫。帻(zé):头巾。　⑬跻:升。此处义同"挤"。⑭昭庆:佛寺名。断桥:本名宝祐桥,在西湖白堤东头,因孤山之路至此而断,遂称断桥。⑮唤呼:怪呼。　⑯无腔曲:不成曲调的俗曲。　⑰铛(chēng):锅。旋:屡,频。　⑱素瓷:指白洁的瓷杯。　⑲逃嚣:躲避烦嚣。　⑳作意:经心。　㉑巳出酉归:上午出,晚上归。巳:上午九至十一时。酉:下午五至七时。　㉒门军:守城门的士兵。　㉓擎燎:举着火把。　㉔速:催促。放:此指顺水行船。　㉕二鼓:即二更天,晚十时始为二更。　㉖如沸如撼:如水之沸腾,如山之撼动。　㉗魇(yǎn):梦中受惊。呓:梦话。㉘皂隶:官署中的差役。喝道:当时大官出行,车驾之前有差役呼喝,使行人回避。　㉙舣(yǐ)舟:拢船。　㉚颒(huì)面:洗脸。　㉛通声气:打招呼。　㉜韵友:风雅之友。　㉝杯箸安:安放杯箸。　㉞惬:惬意,适意。

**【品评】**

这篇文章记述了杭人每年例行的一次游湖赏月盛会。但作者所记的,不是概述见闻,而是着重描写了几类"七月半之人"。

作者写"七月半之人",有人看月,有人并不看月。对于每一类人,都有特写,都写出了特点。一些达官贵人,"楼船箫鼓,峨冠盛筵"，是"名为看月而实不见月者"。一些"名娃闺秀"，"左右盼望"，是"身在月下而实不看月者"。一些"名妓闲僧"，是"亦看月而欲人看其看月者"。还有一些"不衫不帻，酒醉饭饱"的流氓无赖，是什么都看，而"实无一看者"。真能看月的，是"好友佳人"，但他们"匿影"、"逃嚣"，"看月而人不见其看月之态"。

这一大段描写，可谓声态并作，情景逼真。

但作者更着重写的，还在"繁华事散"之后。杭人游湖，"巳出酉归"，一些达官贵人，或市井闲汉，酒足饭饱之后，又"逐队争出"。嘈杂的人群，又"顷刻散尽"。这时节，"山复整妆，湖复颒面"，"浅斟低唱者出，匿影树下者亦出"，"韵友来，名妓至"。直到"月色苍凉"，"客方散去"，而作者一流，则"纵舟"、"酣睡"，入于"清梦"之中。

这一段描写也是穷形尽状，情景逼真的。

作者生当明之季世，社会危机已深。但他却风流自赏，仍然"酣睡"。到他"清梦"初醒之时，已是"国破家亡，无所归止"了。他在《陶庵梦忆序》里说："鸡鸣枕上，夜气方回，因想余生平，繁华靡丽，过眼皆空，五十年来，总成一梦。"《西湖七月半》，正是这样的繁华梦境之一。

古人的诗文，都是"穷而后工"的。张岱写这样的回忆文章，正当"饥饿之余"。自谓"大梦将寤，犹事雕虫"，也可以说是"穷而后工"的作品。

# 张　溥 (1602—1641)

　　字天如,号西铭,太仓(今属江苏)人。崇祯四年(1631)进士,改庶吉士,后乞假回家,不再出仕。创立"复社",为东林之后的重要社团,抨击时政,影响甚大。张溥又主张"复兴古学",反对空疏。为文颇具史识,一反明末颓风。著有《七录斋集》,编有《汉魏六朝百三名家集》。

## 五人墓碑记①

　　五人者,盖当蓼州周公之被逮,②激于义而死焉者也。至于今,郡之贤士大夫,请于当道,③即除魏阉废祠之址以葬之,④且立石于其墓之门,以旌其所为。⑤呜呼,亦盛矣哉! 夫五人之死,去今之墓而葬焉,⑥其为时止十有一月耳。夫十有一月之中,凡富贵之子,慷慨得志之徒,其疾病而死,死而湮没不足道者,亦已众矣;况草野之无闻者欤? 独五人之皦皦,⑦何也?

　　予犹记周公之被逮,在丁卯三月之望。⑧吾社之行为士先者,⑨为之声义,⑩敛赀财以送其行,⑪哭声震动天地。缇骑按剑而前,⑫问谁为哀者? 众不能堪,抶而仆之。⑬是时以大中丞抚吴者,⑭为魏之私人,周公之逮所由使也。⑮吴之民方痛心焉,⑯于是乘其厉声以呵,⑰则噪而相逐。中丞匿于溷藩以免。⑱既而以吴民之乱请于朝,按诛五人,⑲曰:颜佩韦、杨念如、马杰、沈扬、周文元,即今之傫然在墓者也。<sup>⑳</sup>然五人之当刑也,意气扬扬,呼中丞之名而詈之,谈笑以死。断头置城上,颜色不少变。有贤士大夫发五十金,买五人之脰而函之,<sup>㉑</sup>卒与尸合。故今之墓中,全乎为五人也。

嗟夫!大阉之乱,<sup>㉒</sup>缙绅而能不易其志者,<sup>㉓</sup>四海之大,有几人欤?而五人生于编伍之间,<sup>㉔</sup>素不闻诗书之训,激昂大义,蹈死不顾,亦曷故哉?且矫诏纷出,<sup>㉕</sup>钩党之捕,<sup>㉖</sup>遍于天下,卒以吾郡之发愤一击,不敢复有株治。<sup>㉗</sup>大阉亦逡巡畏义,<sup>㉘</sup>非常之谋,<sup>㉙</sup>难于猝发。待圣人之出,<sup>㉚</sup>而投缳道路,<sup>㉛</sup>不可谓非五人之力也。

由是观之,则今之高爵显位,一旦抵罪,或脱身以逃,不能容于远近,而又有剪发杜门,<sup>㉜</sup>佯狂不知所之者,其辱人贱行,视五人之死,轻重固何如哉?是以蓼州周公,忠义暴于朝廷,赠谥美显,<sup>㉝</sup>荣于身后。而五人亦得以加其土封,<sup>㉞</sup>列其姓名于大堤之上,凡四方之士,无有不过而拜且泣者,斯固百世之遇也。<sup>㉟</sup>不然,令五人者保其首领,<sup>㊱</sup>以老于户牖之下,<sup>㊲</sup>则尽其天年,人皆得以隶使之,<sup>㊳</sup>安能屈豪杰之流,<sup>㊴</sup>扼腕墓道<sup>㊵</sup>发其志士之悲哉?故予与同社诸君子,哀斯墓之徒有其石也,而为之记。亦以明死生之大,匹夫之有重于社稷也。

贤士大夫者,冏卿因之吴公、太史文起文公、孟长姚公也。<sup>㊶</sup>

【注释】
　　①本篇选自《七录斋诗文合集》卷三。天启六年(1626),东林党人周顺昌退居苏州,大阉魏忠贤派缇骑来捕,激起苏州市民义愤,数万人上街抗议。缇怒骂:"东厂逮人,鼠辈敢尔!"于

是群众蜂拥反抗,打死缇骑一人,伤者逃走。其后江苏巡抚毛一鹭逮捕颜佩韦等五人,以倡乱之罪处死。次年,明思宗即位,诛魏忠贤一党,苏州人重修颜佩韦等五人之墓,立石纪念。张溥乃撰此文。　②蓼州周公:周顺昌,字景文,号蓼州。《明史》有传。　③郡:此指吴郡,即苏州。当道:当政者。　④除:清理。魏阉废祠:魏忠贤势盛时,一些地方官曾给他立生祠。魏党败后,生祠亦废。　⑤旌:表彰。　⑥去:距离。墓而葬:修墓而安葬。　⑦皦皦(jiǎo):光显。　⑧丁卯:天启七年(1627)。望:农历十五日。　⑨吾社:指复社。行:品行。为士先:为士人之表率。　⑩声义:声扬正义。　⑪敛赀财:筹集钱财。　⑫缇骑(tí jì):原为汉代执金吾属下的卫士,此指明代锦衣卫的警卫。　⑬挟(chì):笞打。　⑭以大中丞抚吴者:以大中丞之官衔做江苏巡抚的人,即毛一鹭。　⑮周公:周顺昌。所由使:由他指使。　⑯痛心焉:集恨于他。　⑰其:指毛一鹭。　⑱溷(hùn)藩:厕所。　⑲按诛:判死刑。　⑳傫然:高立貌。　㉑脰(dòu):颈,这里指头。　㉒大阉:指魏忠贤。　㉓缙绅:士大夫。　㉔编伍之间:指平民百姓。古时乡里编制,以五家为一伍。　㉕矫诏:假传圣旨。　㉖钩党:牵引为同党。目株连。　㉗株治:株连治罪。　㉘逡巡:犹豫。义:正义。㉙非常之谋:指魏忠贤废立皇帝的阴谋。　㉚圣人之出:指明思宗即位。　㉛投缳道路:指魏忠贤被谪途中自缢。　㉜剪发杜门:剪发为僧,闭门不出。　㉝明思宗追谥周顺昌为"忠介"。㉞加其土封:指重修坟墓。　㉟百世之遇:百世才能一遇的事情。　㊱首领:头项,即指头颅。　㊲户牖:门窗,即指居舍。㊳隶使:奴役。　㊴屈豪杰之流:使豪杰之流佩服。　㊵扼腕墓道:在墓旁扼腕感叹。扼(è):拑住。　㊶冏(jiǒng)卿:指太仆卿。因之吴公:吴默字因之,吴江人。太史:这里指翰林。文起文公:文震孟字文起,亦吴江人。孟长姚公:姚希孟字孟长,吴县人。

**【品评】**

这是一篇不同寻常的墓碑之文。文章不为某一死者树碑立传,不叙某一死者爵里世系、学行勋绩;而是借叙五人之死,记述了一次抗暴斗争。五人之死,死于抗暴斗争,故"死生之大",虽为"匹夫",而"有重于社稷"。

文章所述的这次抗暴斗争,在中国历史上是一件极为壮烈的大事。当时东林党人反对魏忠贤等阉党,不仅是一部分士大夫反对腐败政治的斗争,也是代表了广大的平民百姓的愿望的。苏州数万市民,不约而同,上街抗拒官方逮捕周顺昌,这说明东林党人周顺昌等是深得平民百姓支持的。这种盛况,在中国历史上,只有两宋之际开封市民要求起复李纲、反对奸相,曾有数万人伏阙并击杀内侍一事,与此相似。平民百姓与正直的士人共同反对暴政,这在历史上是无独有偶的。张溥身为复社领袖,对于这一事件,自然十分关注,对于当时的牺牲者,也自然十分同情。于是形诸文字,便非常愤激,也异常沉痛。

文章对于五人之死,与某些人的贪生作了对比。写五人之临刑,"意气扬扬,呼中丞之名而詈之,谈笑以死"。这是一种精神境界。与此相反,当"大阉之乱",身为"缙绅而能不易其志者",四海之大,却没有几人。这又是一种情况。

这是什么缘故呢? 作者对此亦有质疑,他说:"五人生于编伍之间,素不闻诗书之训,激昂大义,蹈死不顾,亦曷故哉?"

其实,这样的事情是不足怪的。在历史上,许多事实证明:知书者未必识理,而不知书者却深明大义。张溥为一代通人,对于此点,不容不知;知而故问,盖慨乎言之。

# 张煌言（1620—1664）

　　字玄箸，号苍水。鄞县（今属浙江）人。年二十三，中壬午（1642）乡榜。乙酉（1645），奉鲁王监国，起兵抗清。此后在浙闽沿海一带与郑成功并肩作战，直至南明政权消灭，郑成功病死，煌言乃解散义师，退隐海岛，被捕不屈而死。其诗文感慨悲凉，在明末颇富时代特征。著有《张苍水集》。

## 贻赵廷臣书[①]

　　大明遗臣某，[②]谨拜书于清朝开府赵老先生台前。[③]昔宋臣谢枋得有云：[④]大元制世，[⑤]民物维新，宋室孤臣，只欠一死。窃以叠山业经市隐卖卜，[⑥]宜可以远害全身，而元参政魏天祐，必欲招致之。乃叠山有死无陨。招之不来，馈之不受，却聘书尚在，可考而知也。卒触天祐之怒，[⑦]执之北去，叠山遂不食而死。盖未尝不叹古人守义之坚，殉节之笃也。况某今日南冠而絷，[⑧]视叠山所处，已自不同。而台下尚欲贷其余生，屡遣贵属，存注有加，[⑨]劝之加餐。嗟乎！此固台下褒忠录节之盛心，[⑩]较之天祐，真不啻霄壤。[⑪]顾某自律，[⑫]断不可因此而苟延旦夕也。所以每思慷慨引决，[⑬]而为馆伴者防闲严切，[⑭]不克自裁。绝餐三日，迫于贵属劝勉，稍稍复食，他人闻之，宁不以某寡廉鲜耻，晚节可嗤哉？揣台下之意，不过欲生膏斧锧,⑮始足为忠义者戒。然大丈夫冰视鼎镬,⑯慷慨从容,⑰原无二义,故郁郁居此耳。犹记去岁华函见及,⑱某之报书,⑲有宁为文山之语,⑳非但前谶,㉑盖斋心居念时,㉒已早办此,至今日敢有食言?夫自古废兴亦屡矣。废兴之际,何代无忠臣义士?何代无逋臣处士?㉓义所当死,死贤于生;义所当生,生贤于死。盖有舍生以取义者焉,㉔未闻求生以害仁者也。某之忧患已过乎文山,隐遁殆几于叠山矣。而被执以来,视死如归,非好死而恶生也。亦谓得从文山、叠山,异代同游,于事毕矣!独惜台下之经纶仁厚,㉕可称一代名贤,后世不察,猥云与张弘范、魏天祐比伦,㉖不重可叹息乎哉!谓某散兵在先,归隐恐后,可以觊觎赊死。㉗殊不知散兵者,悯斯民之涂炭;㉘归隐者,念先世之暴荒。㉙谬思黄冠故里,㉚负土成坟,然后一死以明初志。原非隐忍偷生,自留赊死。何期拥兵则岁月犹存,㉛解甲则旦夕莫保。箕山不有安瓢,而颍水弗能高枕。㉜身为累囚,㉝贻笑天下,是某之忠孝两亏,死难塞责者矣!临难苟免,非我本怀;偷存视息,㉞更何所待。今羁留旅邸,被累宾从,㉟并膺锁链,㊱以日为年,生不如死。伏冀台下,㊲立赐处决,俾某乘风驭气,翱翔碧落,㊳或为明神,或为厉鬼。是诚台下大有造于某也。㊴不则某当追随首阳之后尘,㊵必不俟炎午之生祭。㊶毋以馆伴者不善调制而谴及之,㊷幸甚。

**【注释】**

①本篇选自《张苍水集》第一编。题下小注云:"甲辰秋,被系杭州时书也。"甲辰为康熙三年(1664)。　②遗臣:时南明政权已亡,作者曾官权兵部尚书,故自称遗臣。　③拜书:谦言写

信。开府老先生：指赵廷臣，此人当时为闽浙总督。台前：或称台下，犹言阁下。　④谢枋得：字君直，号叠山，南宋末，以江东提刑、江西招谕使知信州，力拒元军。宋亡，居闽中。至元中为程文海、留梦炎等所荐，力辞。福建行省参政魏天祐强之北行，至大都，不食而死，著有《叠山集》。　⑤大元制世：指元朝开国。称"大元"，为当时功令。　⑥市隐卖卜：谢枋得曾隐于建阳，卖卜为生。　⑦卒触天祐之怒：《宋史·谢枋得传》云："及见天祐，又傲岸不为礼，与之言，坐而不对。天祐怒，强之而北。"　⑧南冠而絷：言被囚禁。《左传·成公九年》："南冠而絷者谁也？""郑人所献楚囚也。"　⑨存注：关怀。　⑩褒忠录节：褒扬忠节之士。　⑪"较之天祐"两句：与魏天祐相比，悬殊有如天地。此是反语，实际上作者是把赵廷臣和魏天祐看作一类人物的。　⑫自律：此言自定准则。　⑬引决：自杀。　⑭馆伴：此指监守人员。　⑮生膏(gào)斧锧：言用膏脂去润刀斧，即杀戮。　⑯冰视鼎镬：把烹人的热锅视同冰块，此言毫不在乎。　⑰慷慨从容：慷慨就义、从容就义。　⑱华函：指赵廷臣给作者的书信。　⑲报书：答书。　⑳文山：文天祥，字文山，于南宋末年，坚持抗元，被俘后，不屈而死。　㉑谶(chèn)：预言。　㉒斋心居念：斋心即居念，即冷静思考。　㉓逋臣处士：指不肯做官的人。　㉔舍生以取义者：语见《孟子·告子上》。　㉕经纶仁厚：经纶指有学问，仁厚指有道德，此亦反语。　㉖猥：苟且从众。张弘范：元初将官，曾俘文天祥。比伦：比作同类。　㉗觊觎(jì yú)赊死：希望缓死。　㉘涂炭：泥水与炭火，比喻困境。　㉙暴荒：指尸体暴露于荒郊野外。　㉚谬思：错误地打算，此自责之言。黄冠：农夫之冠。连下句是说自己曾错误地打算作为农夫回到故乡去葬先人。　㉛何期：何曾料到。岁月犹存：指还可坚持一段时间。　㉜"箕山不有安瓢"二句：传说尧时隐士许由耕于箕山之下、颍水之阳，后世因以箕山、颍水为隐者所居之地。安瓢：指有饭吃。高枕：指可安居。

这两句是说不能过安定的生活。  ㉝累囚：被拘系的囚犯。
㉞偷存视息：即苟且偷生。  ㉟宾从：宾客及仆从。  ㊱锁链：
指刑具。  ㊲冀：希望。台下：同"台前"。  ㊳碧落：天空。
㊴有造：有所成就，成全。  ㊵首阳：指伯夷叔齐。史称二人不
食周粟，饿死于首阳山中。  ㊶炎午之生祭：当文天祥被俘时，
王炎午撰《生祭文丞相文》以速其死。  ㊷调制：此指照管。

## 【品评】

明朝末年的历史，和宋朝末年有些相似；明末文人的处境
和心态，亦与宋朝末年有些相似。两代文人写于这一时期的作
品，也颇多相似之点。

张煌言的这篇《贻赵廷臣书》，极似南宋末年几个殉国文人
的作品，而不同于明朝开国以来的传统文风。明朝文章，从开
国到亡国，曾经几度变化，从台阁体、前七子、后七子、唐宋派、
公安派、竟陵派，到东林、复社诸君子。从歌功颂德，独抒性灵，
到清议时政，变化不小。张煌言的这篇文章写于抗战救亡之
日，一洗某些文人的卑弱习气，慷慨激昂，正与宋末文天祥、谢
枋得等人的文章相类。

这篇文章一开始，即举宋臣谢枋得市隐卖卜，而元将魏天
祐迫其出仕为例，说明自己之不降，正如谢枋得；而赵廷臣之劝
降，亦似魏天祐。

文章又举文天祥被拘而暂且不死为例，说明自己被拘而暂
且不死者，亦非苟且偷生。"散兵"和"归隐"，都是有缘故的。
"原非隐忍偷生，自留赊死。"但"拥兵则岁月犹存，解甲则旦夕
莫保"，则是自己始料所未及者。写到此处，作者是十分痛
心的。

作者心目中的赵廷臣，实即宋之张弘范、魏天祐一类；但他
行文曲折委婉，善于藏锋："独惜台下之经纶仁厚，可称一代名
贤，后世不察，猥云与张弘范、魏天祐比伦，不重可叹息乎哉！"

所谓"经纶仁厚"、"一代名贤",显然都是反语。所谓"猥云"者,也是反语。这比直斥责骂,更为难堪。以称赞代辱骂,文章也更有深度。

# 夏完淳(1631—1647)

　　原名复,字存古。松江华亭(今属上海)人。年十四,随其父夏允彝起兵抗清。其父兵败自杀,又与其师陈子龙继续抗清。1647年7月兵败被执,不屈而死,年仅十七岁。著作有《南冠草》等,慷慨悲壮。今本有《夏完淳集》。

## 狱中上母书①

　　不孝完淳,今日死矣。以身殉父,不得以身报母矣。痛自严君见背,②两易春秋,③冤酷日深,艰辛历尽。本图复见天日,④以报大仇,恤死荣生,⑤告成黄土。⑥奈天不佑我,钟虐先朝,⑦一旅才兴,⑧便成齑粉。⑨去年之举,⑩淳已自分必死,⑪谁知不死,死于今日也!斤斤延此二年之命,⑫菽水之养,⑬无一日焉。致慈君托迹于空门,⑭生母寄生于别姓。⑮一门漂泊,生不得相依,死不得相问。淳今日又滟然先从九京,⑯不孝之罪,上通于天。

　　呜呼!双慈在堂,⑰下有妹女,门祚衰薄,⑱终鲜兄弟。⑲淳一死不足惜,哀哀八口,何以为生!虽然,已矣!淳之身,父之所遗;淳之身,君之所用。为父为君,死亦何负于双慈!但慈君推干就湿,⑳教礼习诗,十五年如一日。嫡母慈惠,千古所难。大恩未酬,令人痛绝。慈君托之义融女兄,㉑生母托之昭南女弟。㉒

　　淳死之后,新妇遗腹得雄,㉓便以为家门之幸;如其不然，万勿置后。<sup>㉔</sup>会稽大望，<sup>㉕</sup>至今而零极矣。<sup>㉖</sup>节义文章，如我父子者几人哉！立一不肖后，如西铭先生，<sup>㉗</sup>为人所诟笑，<sup>㉘</sup>何如不立之为愈耶！呜呼！大造茫茫，<sup>㉙</sup>总归无后，有一日中兴再造，<sup>㉚</sup>则庙食千秋，<sup>㉛</sup>岂止麦饭豚蹄不为馁鬼而已哉！<sup>㉜</sup>若有妄言立后者，淳且与先文忠在冥冥诛殛顽嚚，<sup>㉝</sup>决不肯舍！

兵戈天地，<sup>㉞</sup>淳死后，乱且未有定期。双慈善保玉体，无以淳为念。二十年后，淳且与先文忠为北塞之举矣。<sup>㉟</sup>勿悲，勿悲。相托之言，慎勿相负！

武功甥将来大器，<sup>㊱</sup>家事尽以委之。寒食盂兰，<sup>㊲</sup>一杯清酒，一盏寒灯，不至作若敖之鬼，<sup>㊳</sup>则吾愿毕矣。新妇结缡二年，<sup>㊴</sup>贤孝素著，武功甥好为我善待之。亦武功渭阳情也。<sup>㊵</sup>语无伦次，将死言善。<sup>㊶</sup>痛哉，痛哉！

人生孰无死，贵得死所耳。父得为忠臣，子得为孝子，含笑归太虚，<sup>㊷</sup>了我分内事。大道本无生，<sup>㊸</sup>视身若敝屣，<sup>㊹</sup>但为气所激，<sup>㊺</sup>缘悟天人理。<sup>㊻</sup>恶梦十七年，报仇在来世。神游天地间，可以无愧矣！

**【注释】**

①选自《夏完淳集》卷八。此信是作者临刑之前在狱中写给生母和嫡母的。　②严君见背：指自己的父亲死去。背，背离。　③两易春秋：过了两年。本文写于1647年，其父之死在1645年。　④图：打算。复见天日：指光复明朝。　⑤恤死荣生：使死者（指其父）得到抚恤，生者（指其母）得到荣耀。⑥告成黄土：向祖宗报告成功。黄土，指祖坟。　⑦钟虐先朝：钟，聚集。虐，惩罚。先朝，指明朝。　⑧一旅：古兵制，五百人为一旅。　⑨齑（jī）粉：粉末。连上句言，刚一起兵，便被击溃。

⑩去年之举：指 1646 年起兵抗清失败事。　⑪自分：自己预料。　⑫斤斤：仅仅。　⑬菽水之养：指对亲人微薄的奉养。菽，大豆，指粗食。　⑭慈君：指作者嫡母盛氏。托迹：犹下文之"寄生"，置身、寄寓的意思。空门：佛门。此指佛寺。　⑮生母：指作者的生母陆氏。　⑯溘(kè)然：忽然(形容迅速殒落)。九京：即九原，指墓地。　⑰双慈：指嫡母和生母。　⑱门祚：家门的福分。　⑲鲜：少，缺少。　⑳推干就湿：指母亲自己卧于湿处而将干的床席留给孩子，此言慈母抚育之劳。　㉑义融女兄：作者之姊夏淑吉，号义融。　㉒昭南女弟：作者之妹夏惠吉，号昭南。　㉓新妇：指自己结婚未久之妻。雄：指男孩。㉔置后：抱养男孩以为后嗣。　㉕会稽大望：会稽，指会稽郡。望，郡望，一郡中有声望的族姓。　㉖零极：零落之极，即衰落到极点。　㉗西铭先生：张溥，别号西铭。死于崇祯十四年(1641)，无后。次年，钱谦益等为立后嗣。　㉘诟(gòu)笑：耻笑。　㉙大造：大功。造，成功。　㉚中兴再造：指明朝复兴。㉛庙食：指做鬼时在祠庙中享受祭祀。　㉜麦饭豚蹄：言简单的祭品。馁鬼：饿鬼。　㉝先文忠公：指其亡父夏允彝。南明鲁王曾谥允彝为文忠公。诛殛：惩罚杀戮。顽嚚(yín)：愚顽不逊。　㉞兵戈天地：各处都在战乱之中。　㉟二十年后：古人迷信，以为人死之后，再转世为人，二十年后又将为青年一代。北塞之举：在北方起兵。　㊱武功甥：指其姊夏淑吉之子侯檠，字武功。器：材器。　㊲寒食：清明节前二日，传统的扫墓节日。盂兰：旧俗于农历七月十五日晚间祭鬼，亦称盂兰盆会。㊳若敖之鬼：谓饿鬼。若敖：楚国公族名。据《左传·宣公四年》记载，若敖氏的后裔令尹子文因见族人之子越椒为人不正，担心灭族之祸，临死曾说："鬼犹求食，若敖氏之鬼，不其馁而！"灭族之后，便无后嗣祭祀祖先，故发此言。　㊴结缡：指女子出嫁。古时女子出嫁，母亲亲为结缡。缡，一种佩巾。　㊵渭阳情：甥舅之情。渭阳，《诗经·秦风》篇名。诗中有"我送舅氏，

曰至渭阳"。后人乃以渭阳喻甥舅之谊。　㊶将死言善:《论语·泰伯》:"人之将死,其言也善。"　㊷太虚:天。　㊸大道本无生:此本之《庄子》"一死生"的说法,谓自然之道,生死一样。㊹敝屣(xǐ):破旧的草鞋。　㊺气:精气。　㊻天人:天意人事。

### 【品评】

在中国历史上,出现过几个早慧早逝的作者,夏完淳即其中之一。十七岁而死,宁死不屈,慷慨就义,古今罕有其匹。以如此短命,而能留下若干作品,令人传诵不绝,亦千古罕匹。

这篇《狱中上母书》,写于就义前夕。临终报母,心情自是十分沉重的。但在百感交集之下,作者纵谈国事、家事以及身后之事,十分清醒。虽慨乎言之,却也相当冷静。

作者最遗憾的,是他本来希望抗清复明的大功得以告成,以"恤死荣生",却没有料到"一旅才兴",便被消灭。自己虽然不惜一死,但"双慈在堂,下有妹女","一死不足惜,哀哀八口,何以为生"? 作者倾吐了临死之前最痛切的心情。

对于身后之事,书中也言之切切。诸如"新妇遗腹"如不得子,则"万勿置后";"寒食盂兰,一杯清酒,一盏寒灯",以及嘱托武功甥善待"新妇"等等,家人父子恋,言之亦甚伤痛。

文章最后说:"语无伦次,将死言善。"因为不是着意为文,用语确未曾经过沉思。但也正因如此,吐辞才更真切。

文章的思想高度,当然不曾超越封建纲常的局限。在那个时代,作为一个少年,思想也不大可能有所超越。但作者为国献身的真情实感,是超越了封建纲常之上的,文章的深度亦在于此。

# 黄宗羲(1610—1695)

字太冲,号南雷,又号梨州。余姚(今属浙江)人。父尊素,明末东林党人,为魏忠贤所害。宗羲为复社的领导人之一,反对阉党。明亡后,又参加抗清活动。后专事著书讲学,不受征聘。与顾炎武、王夫之并称清初三大家。著作甚富,极有深度,著有《南雷文定》等。

## 原 君①

有生之初,②人各自私也,人各自利也;天下有公利而莫或兴之,③有公害而莫或除之。有人者出,不以一己之利为利,而使天下受其利;不以一己之害为害,而使天下释其害。④此其人之勤劳,必千万于天下之人。夫以千万倍之勤劳,而己又不享其利,必非天下之人情所欲居也。⑤故古之人君,量而不欲入者,⑥许由、务光是也;⑦入而又去之者,⑧尧舜是也;初不欲入而不得去者,⑨禹是也。岂古之人有所异哉?好逸恶劳,亦犹夫人之情也。

后之为人君者不然。以为天下利害之权皆出于我,我以天下之利尽归于己,以天下之害尽归于人,亦无不可。使天下之人,不敢自私,不敢自利,以我之大私为天下之公。⑩始而惭焉,久而安焉,视天下为莫大之产业,传之子孙,受享无穷。汉高祖所谓"某业所就,孰与仲多"者,⑪其逐利之情,不觉溢之于辞矣。此无他,古者以天下为主，君为客，凡君之所毕世而经营者，[12]为天下也。今也以君为主，天下为客，凡天下之无地而得安宁者，为君也。是以其未得之也，屠毒天下之肝脑，[13]离散天下之子女，以博我一人之产业，曾不惨然，曰："我固为子孙创业也。"其既得之也，敲剥天下之骨髓，离散天下之子女，以奉我一人之淫乐，视为当然，曰："此我产业之花息也。"[14]然则为天下之大害者，君而已矣，向使无君，人各得自私也，人各得自利也。呜呼！岂设君之道固如是乎？

古者天下之人爱戴其君，比之如父，拟之如天，诚不为过也。今也天下之人怨恶其君，视之如寇仇，[15]名之为独夫，[16]固其所也。而小儒规规焉以君臣之义无所逃于天地之间，[17]至桀纣之暴，犹谓汤武不当诛之，而妄传伯夷叔齐无稽之事；[18]乃兆人万姓崩溃之血肉，曾不异夫腐鼠！[19]岂天地之大，于兆人万姓之中，独私其一人一姓乎？是故武王，圣人也；孟子之言，[20]圣人之言也。后世之君，欲以如父如天之空名禁人之窥伺者，[21]皆不便于其言，至废孟子而不立，[22]非导源于小儒乎？

虽然，使后之为君者，果能保此产业，传之无穷，亦无怪乎其私之也。既以产业视之，人之欲得产业，谁不如我？摄缄縢，固扃鐍，[23]一人之智力，不能胜天下欲得之者之众，远者数世，近者及身，其血肉之崩溃，在其子孙矣。昔人愿世世无生帝王家，[24]而毅宗之语公主，[25]亦曰："若何为生我家？"痛哉斯言！回思创业时，其欲得天下之心，有不废然摧沮者乎？[26]是故明乎为君之职分，则唐虞之世，人人能让，许由、务光非绝尘也；[27]不明乎为君之职分，则市井之间，[28]人人可欲，许由、务光所以旷后世

而不闻也。㉙然君之职分难明,以俄顷淫乐,㉚不易无穷
之悲,虽愚者亦明之矣。

**【注释】**

①原君:本篇选自《明夷待访录》。此书成于康熙二年
(1663),这时作者抗清失败已成定局,于是著书立说,以待后世
采用。《原君》是其中的首篇。　②有生:有了生命,即有了人
类。以下三句意谓:自有人类之始,人就是自私自利的。
③莫或兴之:没有人兴办。　④释:解除。　⑤居:居于其位,
此指古时人君之位。连上句是说,如果一个人付出千万倍之勤
劳而自己不得其利,以人情而论,这一定不是天下人所愿做的。
⑥量而不入者:经过衡量而不愿入居其位(指做人君)的人。
⑦许由、务光:皆传说中的上古人物。传说尧让天下给许由,许
由逃避;汤让天下给务光,务光负石自溺而死。　⑧入而又去
之者:入居其位而又离开的人。　⑨初不欲入而不得去者:最
初不愿入居其位而最后不得离开的人。传说舜让天下给禹,禹
曾不愿接受;但舜死之后,天下之民仍拥戴他为君主。　⑩大
私:指君主的私利。　⑪“汉高祖所谓”句:这是刘邦做了皇帝
之后对他父亲说的话,《史记·高祖本纪》原文是:“今某之业所
就,孰与仲多?”即是说,你当初曾以为我不如二弟能治家业,可
是我今天所成就的家业,和二弟相比,谁多呢?　⑫毕世:一
生。　⑬屠毒:即荼毒、毒害。　⑭花息:利息。　⑮视之如寇
仇:视同仇敌。《孟子·离娄下》:“君之视臣如土芥,则臣视君
如寇仇。”　⑯独夫:指失掉人心的君主。见《尚书·泰誓下》。
⑰规规焉:浅陋拘迂之状,同“瞲瞲然”。君臣之义无所逃于天
地之间,此宋儒理学腐语。《二程遗书》卷五:“父子,君臣,天下
之定理,无所逃于天地之间。”　⑱伯夷叔齐无稽之事:伯夷、叔
齐相传为殷商时期孤竹君之二子。武王伐纣,二人曾叩马而

谏。殷亡之后,他们耻食周粟,隐居首阳山,采薇而食,终于饿死。此事载于《史记·伯夷列传》,但不见于汉代以前的史籍,故作者以为"妄传"、"无稽"。 ⑲腐鼠:比喻不足重视的弃物。⑳孟子之言:此指《孟子·梁惠王下》的话:"齐宣王问曰:'汤放桀,武王伐纣,有诸?'孟子对曰:'于传有之。'曰:'臣弑其君,可乎?'曰:'贼仁者谓之贼,贼义者谓之残,残贼之人,谓之一夫。闻诛一夫纣矣,未闻弑君也。'" ㉑窥伺:偷看以伺机窃取。㉒废孟子而不立:孟子本来和颜子、子思、曾子四人在孔庙中配享。明太祖朱元璋因见《孟子》有"民为贵,君为轻"之语,曾下诏撤毁孟子配享的牌位,并下令删节《孟子》有这类言论的文字。 ㉓"摄缄縢"二句:语见《庄子·胠箧》。摄,收紧。缄,作结。縢,绳子。固,加固。扃,关钮。鐍,锁钥。比喻国君加强法制以保住政权。 ㉔昔人:指南朝宋顺帝刘准。《资治通鉴·齐纪一》载:顺帝升明三年(479),萧道成迫其下诏禅位,他在被迫出宫时,"泣而弹指曰:'愿后身世勿复生帝王家!'宫中皆哭"。 ㉕毅宗:即明崇祯皇帝朱由检。公主:即朱由检女长平公主。据《明史·公主列传》载,当李自成起义军打进北京时,"帝入寿宁宫,主牵帝衣哭,帝曰:'汝何故生我家!'以剑挥斫之,断左臂"。 ㉖摧沮:灰心失望。㉗绝尘:超出尘俗。㉘市井:原指做买卖的场所,此指下层社会。㉙旷后世而不闻:后世再也听不到有(这样的人)了。旷,空。 ㉚俄顷:片刻。

## 【品评】

远在先秦,诸子著书,已有批评君主专制之文,在《吕氏春秋》里面,就有"贵公"、"去私"的主张。到了魏晋,阮籍、嵇康也都有抨击君权的言论;而鲍敬言的"无君论",尤为激切。但到宋元以后,程朱理学成为统治思想,君权专制已成为天经地义;批评君权专制的文章乃日渐其少。黄宗羲生当明清易代之际,对于专制政权之腐朽有了更深的认识，于是写出了《原君》这样放言无惮的文章。

文章根据古代"大道之行也，天下为公"的思想，指出古之为君者，是为天下兴利除害，并非以天下为自己一人一家之私产。自从后世的人君把天下看作私人"莫大之产业"，并且传之子孙后代，乃使天下之人蒙受无穷之害。于是指出："为天下之大害者，君而已矣。"从历史上看，这样的论点，不算是全新的，因为阮籍就曾说过"君立而虐兴"的话。但是，当黄宗羲说这话的时候，已是程朱理学统治几百年之后，已是君权专制根深柢固，小儒的"君臣之义"牢不可破之时。在这样的时候，发为此论，自然一新耳目。

当然，作者并非主张废除君主制度。他之反复申论"君之职分"，只是希望后世君主能够去私立公。这等于与虎谋皮，是根本做不到的。

但文章的逻辑论证是有力的，以传说中的尧舜之君与后世的人君对比，以古时的公天下与后代的私天下对比，则君权专制之害，言皆有据。

作者的学问根柢是史学，因此，发而为文，能够纵谈古今，是非一代。作为论政之文，颇有史识，亦有气势。这是和明末的某些小品文章笔调不同的。

# 顾炎武（1613—1682）

　　字宁人，号亭林。初名绛，晚年化名蒋山佣。昆山（今属江苏）人。早年参加复社，清兵南下时，又参加昆山、嘉定一带的抗清斗争。弘光朝授兵部司务，唐王立，任兵部主事。为学博赡，主张经世致用，"不作无益之文"。著有《日知录》、《亭林诗文集》等。

## 与友人论学书

　　比往来南北，<sup>①</sup>颇承友朋推一日之长，<sup>②</sup>问道于盲。<sup>③</sup>窃叹夫百余年以来之为学者，往往言心言性，<sup>④</sup>而茫乎不得其解也。

　　命与仁，夫子之所罕言也；<sup>⑤</sup>性与天道，子贡之所未得闻也。<sup>⑥</sup>性命之理，著之《易传》，<sup>⑦</sup>未尝数以语人。<sup>⑧</sup>其答问士也，则曰："行己有耻"；<sup>⑨</sup>其为学，则曰："好古敏求"；<sup>⑩</sup>其与门弟子言，举尧舜相传所谓"危微精一"之说，<sup>⑪</sup>一切不道，而但曰："允执其中，四海困穷，天禄永终。"<sup>⑫</sup>呜呼！圣人之所以为学者，何其平易而可循也！<sup>⑬</sup>故曰："下学而上达。"<sup>⑭</sup>颜子之几乎圣也，<sup>⑮</sup>犹曰："博我以文。"<sup>⑯</sup>其告哀公也，明善之功，先之以博学。<sup>⑰</sup>自曾子而下，<sup>⑱</sup>笃实无若子夏，<sup>⑲</sup>而其言仁也，则曰："博学而笃志，切问而近思。"<sup>⑳</sup>

　　今之君子则不然，聚宾客门人之学者数十百人，"譬诸草木,区以别矣。"㉑而一皆与之言心言性。舍多学而识,以求一贯之方;㉒置四海之困穷不言,而终日讲危微精一之说。是必其道之高于夫子,而其门弟子之贤于子贡,桃东鲁而直接二帝之心传者也。㉓我弗敢知也。

《孟子》一书,言心言性,亦谆谆矣,㉔乃至万章、公孙丑、陈代、陈臻、周霄、彭更之所问,㉕与孟子之所答者,常在乎出处、去就、辞受、取与之间。㉖以伊尹之元圣,㉗尧、舜其君其民之盛德大功,而其本乃在乎千驷一介之不视不取。伯夷、伊尹之不同于孔子也,而其同者,则以"行一不义,杀一不辜,而得天下,不为"。㉘是故性也、命也、天也,夫子之所罕言,而今之君子之所恒言也;出处、去就、辞受、取与之辨,孔子、孟子之所恒言,而今之君子所罕言也。谓忠与清之未至于仁,㉙而不知不忠与清而可以仁者,未之有也;谓不伎不求之不足以尽道,㉚而不知终身于伎且求而可以言道者,未之有也。我弗敢知也。

愚所谓圣人之道者如之何?曰:"博学于文。"㉛曰:"行己有耻。"自一身以至于天下国家,皆学之事也;自子臣弟友以至出入、往来、辞受、取与之间,皆有耻之事也。耻之于人大矣。㉜不耻恶衣恶食,㉝而耻匹夫匹妇之不被其泽,㉞故曰:"万物皆备于我矣,反身而诚。"㉟

呜呼:士而不先有耻,则为无本之人;非好古而多闻,则为空虚之学。以无本之人,而讲空虚之学,吾见其日从事于圣人而去之弥远也。虽然,非愚之所敢言也,且以区区之见,私诸同志,㊱而求起予。㊲

**【注释】**

①比:近来。往来南北:清兵南下时,顾炎武在苏州,抗清

失败后,往来于山东、河北、山西、陕西一带。晚年定居陕西华阴。　②推一日之长:以长辈相推许。此用《论语·先进》:"以吾一日长乎尔"句意。　③问道于盲:向盲人问路。此谦言自己无知,不能指教别人。　④言心言性:指理学家讲学的内容。⑤"命与仁"句:《论语·子罕》:"子罕言利与命与仁。"罕言,谓讲得不多。　⑥"性与天道"句:《论语·公冶长》载子贡曰:"夫子之言性与天道,不可得而闻也。"意谓孔子很少谈到人性与天道。　⑦"性命之理"句:《易经·说卦》:"昔者圣人之作《易》也,将以顺性命之理。"《说卦》为《易传》之一篇。　⑧数(shuò):屡次。　⑨"其答问士"句:《论语·子路》载子贡向孔子请教,怎样才谓之"士"? 孔子回答说首先是要做到"行己有耻"。即是说,立身行事,要知羞耻。　⑩"其为学"句:《论语·述而》载孔子曰:"我非生而知之者,好古敏以求之者也。"敏求:敏勉探求。　⑪危微精一之说:《尚书·大禹谟》载舜命禹有云:"人心惟危,道心惟微,惟精惟一,允执厥中。"大意是:人心危险不可测,道心微妙不可言,只能专精守一,把握中道。宋儒以为这是舜禹之间的"十六字心传"。实非《尚书》原文。⑫"允执其中"三句:这三句见《论语·尧曰》。这几句强调的是人事,不是天命,谓四海之民如果困穷,则王者所受的天命也就终结了。　⑬循:遵循。　⑭下学而上达:《论语·宪问》载孔子曰:"不怨天,不尤人,下学而上达。"谓下学人事,上知天命。⑮颜子:颜渊。几乎:将近。　⑯博我以文:《论语·子罕》载颜渊叹曰:"夫子循循然善诱人,博我以文,约我以礼,欲罢不能。"博:广博,此言开扩。文:包括典章文献知识。　⑰哀公:即春秋鲁国哀公。明善之功:《礼记·中庸》载哀公问政,子曰:"诚身有道,不明乎善,不诚乎身矣。"先之以博学:哀公问如何明善,孔子又曰:"博学之,审问之,慎思之,明辨之,笃行之。"所说五点,博学为先。　⑱曾子:曾参。孔子弟子。　⑲子夏:卜商,字子夏,亦孔子弟子。　⑳"博学而笃志"二句:《论语·子张》载子夏曰:"博学而笃志,切问而近思。仁在其中矣。"笃志:专心。切问:问得切实。近思:思索切近。　㉑"譬诸草木"句:语见《论语·子张》。谓学者每人的情况不同,就如不同的草木,不能等同看待,应有区别。　㉒识(zhì):同志,记。《论语·卫灵公》:"子曰:'赐也,女以予为多学而识之者与?'对曰:'然;非与?'曰:'非也,予一以贯之。'"作者以为首先要"多学而识",然后才能像孔子那样"一以贯之","一贯之方",即用一种原理贯串所学的东西。　㉓"跳东鲁"句:跳(tiāo),此作超越讲。东鲁,此借指孔子。二帝:指舜、禹。心传:指上述"人心惟危"等十六字。　㉔谆谆:指言之甚详。　㉕万章、公孙丑、陈代、陈臻、周霄、彭更:皆孟子弟子。　㉖出处:出仕与不仕。　㉗伊尹:商之辅相。元圣:大圣。驷:四马所驾之车。介:同芥。《孟子·万章上》:"非其义也,其非道也,禄之以天下,弗顾也;系马千驷,弗视也。非其义也,非其道也,一介不以予人,一介不以取诸人。"　㉘"伯夷伊尹"句:《孟子·万章下》说伯夷是"圣之清者",伊尹是"圣之任者",孔子是"圣之时者",所以说伯夷、伊尹不同于孔子。"行一不义"三句见《孟子·公孙丑上》。㉙忠与清之未至于仁:语见《论语·公冶长》。其中说孔子认为令尹子文做官不计较升沉得失,算是"忠"了;陈文子不居乱邦,算是"清"了,但都还不是"仁"。　㉚不忮不求之不足以尽道:忮(zhì),嫉妒。求,贪求。语见《论语·子罕》。孔子曾称赞子路"不忮不求",但又说:"是道也,何足以臧!"　㉛博学于文:"文"即上文"博我以文"之"文"。　㉜耻之于人大矣:语见《孟子·尽心上》,言"耻"对于人极为重要。　㉝不耻恶衣恶食:即不以贫贱为耻。《论语·里仁》:"士志于道,而耻恶衣恶食者,未足与议也。"　㉞而耻匹夫匹妇之不被其泽:匹夫匹妇,指庶民男女。泽,恩泽。《孟子·万章上》:"(伊尹)思天下之民,匹夫匹妇有不被尧舜之泽者,若己推而内(纳)之沟中。"　㉟"万物皆备于我"句:语见《孟子·尽心上》。万物,指一切事物。反身,反躬自问。诚,无愧,亦即"行己有耻"。　㊱私诸同志:只说给志同道合的人。　㊲起:启发。

## 【品评】

古今学者多有论学之文,见于书信者也不少。这类文章很能表达作者的思想观点和治学的态度。顾炎武此书与友人论学,也是一篇发表自己对于做人做学问的看法的文章。

顾炎武生当明末清初改朝换代这个历史时期,由于经历了反对大阉权奸的斗争,又参加了反抗清军南下的斗争,对于历史和现实中的各种问题,多所思考,尤其是对于士大夫的立身行事以及为学之道,论述甚多。本篇之外,《日知录》中《廉耻》、《夫子之言性与天道》等篇,也都是发挥这样的见解的。

这篇文章着重阐述君子之学,在于"博学于文"和"行己有耻",反对文人学者空谈心性。所针对的主要是宋明理学的学风,尤其是明末士大夫的空疏之学。

文章的理论根据主要是《论语》和《孟子》,引用《论语》和《孟子》中的一些话来反驳宋明理学家所引用的另一些话,以经世致用之学反对空谈心性之学。文章所持的论点虽然全以孔、孟为依据,但他所侧重者不同于理学诸儒。他同理学家的分歧虽然仍属儒者内部之争,但他所阐明者比较切合先秦儒学的实际。

先秦儒学本是朴实的,孔、孟之言都是明白易晓的。亭林这篇文章也写得朴实明白,没有宋明理学家之文的空疏之言和"理学腐语"。清初几个大家的经世之文大抵如此。

# 侯方域(1618—1654)

字朝宗,号雪苑,商丘(今属河南)人。明末复社成员,与张溥、陈贞慧等交游,攻击阉党阮大铖、马士英等。阮大铖等拥立南明福王,迫害复社人士,侯方域投奔史可法、高杰等。南明亡后,退居乡里。清顺治八年(1651),应河南乡试,中副榜。为文与魏禧、汪琬齐名,著有《壮悔堂文集》等。

## 癸未去金陵日与阮光禄书①

仆窃闻君子处己,②不欲自恕而苛责他人为非其道。今执事之于仆,③乃有不然者,愿为执事陈之。

执事,仆之父行也。④神宗之末,⑤与大人同朝,⑥相得甚欢。⑦其后乃有欲终事执事而不能者,执事当自追忆其故,⑧不必仆言之也。大人削官归,⑨仆时方少,⑩每侍,未尝不念执事之才而嗟惜者弥日。⑪及仆稍长,知读书,求友金陵,将戒途,⑫而大人送之曰:"金陵有御史成公勇者,⑬虽于我为后进,⑭我常心重之,汝至,当以为师。又有老友方公孔炤,⑮汝当持刺拜于床下。"⑯语不及执事。及至金陵,则成公已得罪去,⑰仅见方公。而其子以智者,⑱仆之夙交也,以此晨夕过从。⑲执事与方公同为父行,理当谒;然而不敢者,执事当自追忆其故,不必仆言之也。今执事乃责仆与方公厚而与执事薄,噫!

亦过矣。

忽一日，有王将军过仆，⑳甚恭。每一至，必邀仆为诗歌。既得之，必喜，而为仆贳酒奏伎，㉑招游舫，携山屐，㉒殷殷积旬不倦。仆初不解，既而疑，以问将军。将军乃屏人以告仆曰："是皆阮光禄所愿纳交于君者也。光禄方为诸君所诉，愿更以道之君之友陈君定生、吴君次尾，㉓庶稍湔乎！"㉔仆敛容谢之曰：㉕"光禄身为贵卿，又不少佳宾客，足自娱，安用此二三书生为哉？仆道之两君，必重为两君所绝；若仆独私从光禄游，又窃恐无益光禄。辱相款八日，意良厚，然不得不绝矣。"凡此皆仆平心称量，自以为未甚太过，而执事顾含怒不已，仆诚无所逃罪矣。

昨夜方寝，而杨令君文聪叩门过仆曰：㉖"左将军兵且来，㉗都人汹汹。"㉘阮光禄飏言于清议堂云：㉙"子与有旧，且应之于内。㉚子盍行乎？"仆乃知执事不独见怒，而且恨之，欲置之族灭而后快也。仆与左诚有旧，亦已奉熊尚书之教，㉛驰书止之。其心事尚不可知，若其犯顺，㉜则贼也。士君子稍知礼义，何至甘心作贼？万一有焉，此必日暮途穷、倒行而逆施，㉝若昔日干儿义孙之徒，㉞计无复之，㉟容出于此，而仆岂其人耶？何执事文织之深也！㊱

窃怪执事愿交天下士，而辗转蹉跎，乃至嫁祸而灭人之族，亦甚违其本念。倘一旦追忆天下士所以相远之故，未必不悔；悔，未必不改。果悔且改，静待之数年，心事未必不暴白。心事果暴白，天下士未必不接踵而至执事之门。仆果见天下士接踵而至执事之门，亦必且随属其后，长揖谢过，岂为晚乎？而奈何阴毒左计一至

于此！㉛

　　仆今已遭乱无家，扁舟短棹，措此身甚易；独惜执事怵机一动，㉚长伏草莽则已，㉙万一复得志，必至杀尽天下士，以酬其宿所不快。㊵则是使天下士终不复至执事之门，而后世操简书以议执事者，㊶不能如仆之词微而义婉也。仆且去，可以不言，然悲执事不察，终谓仆于长者傲，故敢述其区区。㊷不宣。㊸

**【注释】**

　　①本篇选自《壮悔堂文集》卷三。癸未：明崇祯十六年（1643）。去：离开。金陵：即南京。阮光禄：即阮大铖，怀宁（今安徽安庆）人。曾任光禄卿，后被废斥，闲居南京，拥立福王，官至兵部尚书，后降清。　②处己：立身行事。　③执事：本指侍从、服役之人，此为书信中的敬称，表示不敢直接与对方谈话，而写给对方的执事者。　④父行（hàng）：父辈。　⑤神宗：明万历帝朱翊钧的庙号。　⑥大人：指作者之父侯恂，东林党人，曾任御史、兵部侍郎等职。　⑦相得甚欢：阮大铖依附魏忠贤之前，侯恂曾爱其才藻。　⑧其故：指阮大铖依附魏忠贤事。⑨大人削官归：天启四年（1624），魏忠贤兴党狱，侯恂被削官归里。　⑩仆时方少：作者时年七岁。　⑪嗟惜：盖惜其有才而无德。弥日：终日。　⑫戒途：筹备上路。　⑬成公勇：成勇，字仁有，崇祯十一年（1638）官御史。　⑭后进：晚辈。　⑮方公孔炤（同照）：方孔炤，字潜夫，桐城人，曾官湖广巡抚。⑯刺：即名刺，名片。　⑰成公已得罪去：成勇上疏劾奏杨嗣昌，被削籍谪戍宁波卫。　⑱以智：方以智，字密之，崇祯进士，任翰林院检讨。与侯方域、冒襄、陈贞慧相交甚厚，时称"四公子"。入清，出家为僧。　⑲过从：往来。　⑳王将军：其人不详。过：走访。　㉑贳（shì）酒：赊酒，即代为买酒。奏伎：招妓

女为歌舞娱乐。　㉒山屐:爬山穿的木屐。　㉓陈君定生:陈定生,名贞慧,定生其字。宜兴人。明亡后,隐居不仕。吴君次尾:名应箕,字次尾。贵池人。曾起兵抗清,被执,不屈而死。二人皆复社成员。崇祯十一年(1638),他们曾约集多人,揭出"留都防乱帖",揭露阮大铖。上文"为诸君所诟",即指此事。㉔湔(jiān):洗刷。　㉕敛容:正容,板起面孔。　㉖杨令君文聪:杨文聪,字龙友,贵州贵阳人。南明福王时,任兵部主事。他曾任江宁知县,故称令君。　㉗左将军:即左良玉,字昆山,临清人,崇祯时,官至总兵。福王时,封宁南侯。当时左良玉称军中缺粮,欲往南京就食,移兵九江。　㉘汹汹:喧嚣不安。㉙飏(yáng)言:声言。清议堂:即议事堂。　㉚子与有旧:你和他有旧交。左良玉曾因罪罢职,投靠侯恂,受侯恂提拔,官拜总兵。所谓"有旧",盖即指这种关系。　㉛熊尚书:指熊明遇,字良孺,江西进贤人。官至兵部尚书。当左良玉移兵九江时,熊明遇曾请侯恂以书劝谕,侯方域曾代父为书止之。　㉜犯顺:指冒犯朝廷。　㉝日暮途穷,倒行而逆施:《史记·伍子胥列传》:"吾日暮途远,吾故倒行而逆施之。"此比喻急而不择手段。㉞干儿义孙:据《明史·魏忠贤传》,一些依附魏忠贤的人,"相率归忠贤,称义儿"。此处特讽阮大铖。　㉟计无复之:即无计可施。　㊱文织:指编造罪名。　㊲左计:错误计谋。　㊳忮机:嫉恨的心机。　㊴长伏草莽:指长期不做官。　㊵宿所不快:素日所嫉恨者。㊶操简书:此指为史官记事。　㊷区区:指内心的一点意思。　㊸不宣:言不尽意。书信用语。

## 【品评】

这是一封书信,也是一篇驳斥谴责的文章。作者侯方域是复社的中坚人物,而阮大铖乃权阉魏忠贤的余党,两人在政治上本来不能相容,但因阮大铖曾与侯方域之父侯恂有过交往,阮大铖又曾一度拉拢侯方域,因此侯方域为书谴责他,便不仅指责他的"阴毒左计",而且追述了一些往事的细节。通过这些细节的叙述,则阮大铖人品之卑劣,便更加具体。

文章是谴责阮大铖的,但一开始,却先讲阮大铖"苛责"自己之"非其道"。

首先指出,阮大铖本是"父行",自己初到金陵,理应谒见;但是,由于某种原因,当谒而不敢。原因何在,且让阮大铖自己"追忆其故"。

其次指出,阮大铖派王将军"贳酒奏伎"以交纳交,做法实为卑劣。用意虽"善",但"不得不绝"。这虽引起阮大铖"含怒不已",自己却以为"未甚太过"。

然后才指出阮大铖趁左良玉"军兵且来,都人汹汹"之际,扬言侯家与左"有旧",且将为"内应",这就构成了大逆之罪。对此,侯方域不得不严加驳斥。

作者写这信的时候,处境已甚危急。但他临危不惧,写得相当从容。吐词用语,都甚得体。气势虽盛,而不失委婉。古人所谓"嬉笑怒骂,皆成文章",这篇作品,亦足以当之。

# 王夫之(1619—1692)

　　字而农,人称船山先生,衡阳(今属湖南)人。崇祯举人。张献忠攻陷衡阳,招之,不从。瞿式耜荐于桂王,授行人,从事抗清活动。后归隐于石船山,闭门著述。主要著作有《黄书》、《张子正蒙注》、《读四书大全说》、《读通鉴论》等。

## 自题墓石①

　　有明遗臣行人王夫之,②字而农,葬于此。其左则其继配襄阳郑氏之所祔也。③自为铭曰:

　　抱刘越石之孤愤,④而命无从致;希张横渠之正学,⑤而力不能企。幸全归于兹丘,⑥固衔恤以永世。⑦

　　墓石可不作,⑧徇汝兄弟为之。⑨止此不可增损一字。行状原为请志铭而作,⑩既有铭,不可赘。若汝兄弟能老而好学,可不以誉我者毁我,数十年后,略记以示后人可耳,勿庸问世也。⑪背此者自昧其心。

【注释】

　　①本篇选自《王船山诗文集·补遗》。墓石:即墓碑。这篇《自题墓石》,即《自撰墓志铭》。　②有明遗臣:作者入清不仕,自居明之遗臣。行人:作者曾任南明桂王的行人之官。　③祔(fù):合葬。　④刘越石:晋刘琨(270—317),字越石,中山魏昌

(今河北无极)人。出身士族,早年与石崇、陆机等以文章依附权贵贾谧之门,时称"二十四友"。到西晋末年,国家多难,历任并州刺史,都督并、冀、幽三州军事等职,在北方抗战。虽屡战屡败,而矢志不渝。曾与段匹磾相约,共扶晋室,终遭疑忌,为段杀害。作者自谓"抱刘越石之孤愤",寓有抗清复明之志未遂而心有余愤的意思。 ⑤张横渠:宋张载(1020—1077),字子厚,凤翔郿县(今陕西眉县)横渠镇人。世称横渠先生。嘉祐进士。熙宁二年,为崇文院校书。次年,因病屏居,著书讲学。主张"理在气中",与程朱之学不同。著有《正蒙》等书。作者撰有《张子正蒙注》,继承其学说,有所发扬。 ⑥全归:言自己为父母所生,不亏不辱而死,等于复归于父母,说见《礼记·祭义》。丘:此指坟墓。 ⑦衔恤:含忧。特指孝子心忧父母,见《诗经·小雅·蓼莪》。 ⑧墓石可不作:言墓碑本可不立,志铭可以不写。自此以下系附加之语。 ⑨徇:曲从。 ⑩行状:用以叙述死者之行谊、爵里、生卒年月,为请人撰写碑志而作。⑪勿庸问世:此言不必公开发表。

## 【品评】

王夫之在明清之际,与黄宗羲、顾炎武并称。三人皆深于史学,都有浓厚的民族思想,而船山之民族意识尤为强烈,且精于哲理,长于思辨。这篇《自题墓石》,可以说最概括地讲出了自己的学问见解和思想倾向。其中所谓"抱刘越石之孤愤",就是说自己曾有和刘琨同样的抱负,要保卫自己的国家,抵抗外来的侵略;但未能达到目的,以致孤愤不已,至死犹有遗恨。所谓"希张横渠之正学",就是说自己也有和张载同样的思想,赞赏张载的学问。张载之学,虽亦宋代理学之一派,但他不同于二程和朱熹,其人早年喜好谈兵,不仅坐而论道。晚年虽退居讲学,思想却比较开放,颇有唯物主义倾向。作者企慕刘琨与张载,恰是他一生、尤其是后半生为学的概括。

　　自题墓石之文，自古有之。例如唐初王绩，就有《自作墓志文》，说："王绩者，有父母，无朋友，自为之字曰'无功'焉。""身死之日，自为铭焉。"这类的文章，大抵都是"怀才不遇"的牢骚。船山的《自题墓石》，形式与之相似，但内容则颇不同。不发牢骚，而讲抱负；语虽悲凉，气仍豪壮。这是由于身世不同，思想不同，文风也自不同。这篇文章虽甚简短，却也体现了作者的主要思想和文风。

# 魏　禧(1624—1680)

　　字叔子,又字冰叔,署所居为勺庭,又称勺庭先生。宁都(今属江西)人。明末诸生。明亡不仕,隐居翠微峰。与其兄祥、弟礼,合称"宁都三魏",又与彭士望、林时益等合称"易堂九子"。康熙十七年(1678),以博学鸿儒征,称疾笃,放归。致力于古文,著有《魏叔子文集》。

## 大铁椎传①

　　庚戌十一月,②予自广陵归,③与陈子灿同舟。子灿年二十八,好武事,予授以左氏兵谋兵法,因问:"数游南北,逢异人乎?"子灿为述大铁椎,作《大铁椎传》。

　　大铁椎,不知何许人,北平陈子灿省兄河南,④与遇宋将军家。宋,怀庆青华镇人,⑤工技击,七省好事者皆来学,⑥人以其雄健,呼宋将军云。宋弟子高信之,亦怀庆人,多力善射,长子灿七岁,少同学,故尝与过宋将军。

　　时座上有健啖客,⑦貌甚寝,⑧右胁夹大铁椎,重四五十斤,饮食拱揖不暂去。柄铁折叠环复,如锁上链,引之长丈许。与人罕言语,语类楚声。⑨扣其乡及姓字,皆不答。

　　既同寝,夜半,客曰:"吾去矣!"言讫不见。子灿见窗户皆闭,惊问信之。信之曰:"客初至,不冠不袜,以蓝手巾裹头,足缠白布,大铁椎外,一物无所持,而腰多白金。<sup>⑩</sup>吾与将军俱不敢问也。"子灿寐而醒,客则酣睡炕上矣。

一日,辞宋将军曰:"吾始闻汝名,以为豪,然皆不足用。吾去矣。"将军强留之,乃曰:"吾尝夺取诸响马物,<sup>⑪</sup>不顺者辄击杀之,众魁请长其群,吾又不许,是以仇我。久居,祸必及汝。今夜半,方期我决斗某所。"宋将军欣然曰:"吾骑马挟矢以助战。"客曰:"止! 贼能且众,吾欲护汝,则不快吾意。"宋将军故自负,且欲观客所为,力请客。客不得已,与偕行。将至斗处,送将军登空堡上,曰:"但观之,慎弗声,令贼知汝也。"

时鸡鸣月落,星光照旷野,百步见人。客驰下,吹觱篥数声。<sup>⑫</sup>顷之,贼二十余骑四面集,步行负弓矢从者百许人。一贼提刀纵马奔客,曰:"奈何杀我兄?"言未毕,客呼曰:"椎",贼应声落马,马首尽裂。众贼环而进,客从容挥椎,人马四面仆地,杀三十许人。宋将军屏息观之,股栗欲堕。忽闻客大呼曰:"吾去矣。"地尘且起,黑烟滚滚东向驰去。后遂不复至。

魏禧论曰:子房得力士,<sup>⑬</sup>椎秦皇帝博狼沙中,大铁椎其人与? 天生异人,必有所用之。予读陈同甫《中兴遗传》,<sup>⑭</sup>豪俊侠烈魁奇之士,泯泯然不见功名于世者又何多也? 岂天之生才不必为人用与? 抑用之自有时与? 子灿遇大铁椎为壬寅岁,<sup>⑮</sup>视其貌当年三十,然则大铁椎今四十耳。子灿又尝见其写市物帖子,甚工楷书也。

**【注释】**
①本篇选自《魏叔子文集》卷十七。　②庚戌:清康熙九年(1670)。　③广陵:今扬州市。　④北平:古县名,故治在今河

南方城县东南。　⑤怀庆：明时府名，今河南沁阳市一带。
⑥七省：概言河南周围诸省，直隶（即今河北）、山东、山西、江南
（今之江苏、安徽、湖南、湖北）。　⑦健啖：能吃。　⑧貌甚寝：
相貌甚丑。　⑨楚声：今湖南湖北一带乡土口音。　⑩白金：
此指白银。　⑪响马：旧时称走马抢劫之盗。　⑫觱篥（bì lì）：
笳管，管乐器。　⑬"子房得力士"二句：张良，字子房，本战国
韩人。秦始皇东游，张良使力士以银椎狙击之，误中副车。
⑭陈同甫：宋陈亮，字同甫。今增订本《陈亮集》有《中兴遗传
序》云："自是始欲纂集异闻，为《中兴遗传》。然犹恨闻见单寡，
欲从先生故老详求其事，故先为之纂例，而以渐足之。其一曰
大臣……其二曰大将……其三曰死节……合十二门而分传之，
总目曰《中兴遗传》。"疑魏禧所读者，即这篇《中兴遗传序》。
⑮壬寅：康熙元年（1662）。


**【品评】**

　　魏禧生当明清易代之际，隐居不出，交结遗民及方外之士，
喜读史籍，尤好《左传》。其为人为学，似有抱负而未得施于世
者。故所为文，"主识议，凌厉雄杰，遇忠孝节烈事，则益感慨，
摹画淋漓"（《国朝先正事略》卷三十七）。这篇《大铁椎传》正属
这类文章。其人其事虽非"忠孝节烈"，但作者对于这样的人
物，是颇多感慨的。

　　《大铁椎传》写的是个侠义之士。作者说大铁椎的事迹，得
之于陈子灿，而陈子灿曾遇其人于宋将军家。举凡其人之举止
眠食，言之甚悉。颇似真人真事。但这一人物又颇有传奇色
彩，而且魏禧之写这一人物，又和他生平抱负有关。取名"大铁
椎"，或即向往于当年狙击秦始皇之大力士。从篇末论赞之语
可知作者在清代初年是曾渴望这样的"雄杰"之士的。但世无
张子房，纵有大铁椎这样的"异人"，也不得其用。这是作者十
分惋惜的。

　　世称魏禧之文，长于论事；但在他的文集中，传记之文也不少。他有一篇《传引》云："文章之体，万变而不可穷，莫如传。"这篇《大铁椎传》，在他的许多传记中，似亦"万变而不可穷"的一篇变体。

# 唐 甄(1630—1704)

初名大陶,字铸万。后改名甄,号圃亭。达县(今四川达州)人。顺治十四年(1657)举人,曾任山西长子知县,十月而罢,不再做官。著《潜书》,发表学术、政治见解。唐甄政治上抨击君主专制,学术上批评宋明理学,为文独抒己见,其见解与顾、黄、王诸家大体相同。

## 室 语①

唐子居于内,②夜饮酒,己西向坐,妻东向坐,女安北向坐,妾坐于西北隅,执壶以酌,相与笑语。唐子食鱼而甘,③问其妾曰:"是所市来者,④必生鱼也?"妾对曰:"非也。是鱼死未久,即市以来,天又寒,是以味鲜若此。"于是饮酒乐甚。忽焉拊几而叹。⑤

其妻曰:"子饮酒乐矣,忽焉拊几而叹,其故何也?"

唐子曰:"溺于俗者无远见,⑥吾欲有言,未尝以语人,恐人之骇异吾言也。今食是鱼而念及之,是以叹也。"

妻曰:"我妇人也,不知大丈夫之事,然愿子试以语我。"

曰:"大清有天下,仁矣;自秦以来,凡为帝王者,皆贼也。"

妻子曰:"何以谓之贼也?"

曰：“今也有负数匹布或担数斗粟而行于途者，或杀之而有其布粟，是贼乎，非贼乎？”

曰：“是贼矣。”

唐子曰：“杀一人而取其匹布斗粟，犹谓之贼；杀天下之人而尽有其布粟之富，而反不谓之贼乎？三代以后，⑦有天下之善者莫如汉，然高帝屠城阳、屠颍阳、⑧光武帝屠城三百。⑨使我而事高帝，当其屠城阳之时，必痛哭而去之矣；使我而事光武帝，当其屠一城之始，必痛哭而去之矣。吾不忍为之臣也。”

妻曰：“当大乱之时，岂能不杀一人而定天下？”

唐子曰：“定乱岂能不杀乎？古之王者有不得已而杀者二：有罪，不得不杀；临战，不得不杀。有罪而杀，尧舜之所不能免也；临战而杀，汤武之所不能免也。非是，奚以杀为？⑩若过里而墟其里，⑪过市而宰其市，⑫入城而屠其城，此何为者？大将杀人，非大将杀之，天子实杀之；偏将杀人，⑬非偏将杀之，天子实杀之；卒伍杀人，⑭非卒伍杀之，天子实杀之；官吏杀人，非官吏杀之，天子实杀之。杀人者众手，实天子为之大手。天下既定，非攻非战，百姓死于兵与因兵而死者十五六。暴骨未收，哭声未绝，目眦未干，⑮于是乃服衮冕，⑯乘法驾，⑰坐前殿，受朝贺，高宫室，广苑囿，以贵其妻妾，以肥其子孙，彼诚何心而忍享之？若上帝使我治杀人之狱，我则有以处之矣。匹夫无故而杀人，以其一身抵一人之死，斯足矣；有天下者无故而杀人，虽百其身不足以抵其杀一人之罪。是何也？天子者，天下之慈母也，人所仰望以乳育者也；乃无故而杀之，其罪岂不重于匹夫？”

妻曰：“尧舜之为君何为者？”

曰："尧舜岂远于人哉?"乃单一箸指盘中之余鱼曰："此味甘乎?"

曰："甘。"

曰："今使子钓于池而得鱼,扬竿而脱,投地跳跃,乃按之椹上而割之,⑱刳其腹,⑲劀其甲,⑳其尾犹摇,于是煎烹以进,子能食之乎?"

妻曰："吾不忍食也。"

曰："人之于鱼,不啻泰山之于秋毫也,㉑甘天下之味,亦类于一鱼之味耳。于鱼则不忍,于人则忍之;杀一鱼而甘一鱼之味则不忍,杀天下之人而甘天下之味则忍之,是岂人之本心哉?尧舜之道,不失其本心而已矣。"

妾,微者也,㉒女安,童而无知者也,闻唐子之言,亦皆悄然而悲,咨嗟而泣,若不能自释焉。㉓

**【注释】**

①本篇选自《潜书》。室语:此指家人之间的谈话。实借室内谈话发表自己对社会问题的见解。 ②唐子:作者自称。内:指内室。 ③甘:此指味美。 ④市:买。拊(fǔ):轻拍。 ⑤几:小桌。 ⑥溺于俗者:指沉溺于世俗生活的人。 ⑦三代:指夏、商、周。 ⑧高帝:刘邦。城阳:县名,在今山东省荷泽境内。颍阳:故城在今河南省许昌市西南。刘邦屠城阳、颍阳事见《史记·高祖本纪》。 ⑨光武帝:刘秀。屠城三百事见《后汉书·耿弇传》。 ⑩奚以:何用。为:虚词。 ⑪墟:使成废墟。 ⑫窜:驱逐。 ⑬偏将:偏师(全军之一部)的将官。 ⑭卒伍:古制,五人为伍,百人为卒。此泛指士兵。 ⑮眦(zì):眼眶。 ⑯服衮(gǔn)冕:穿礼服,戴礼帽。 ⑰法驾:天子的车驾。 ⑱椹(zhēn):砧板。 ⑲刳(kū):剖开。 ⑳劀(xī):刮掉。 ㉑不啻(chì):不只。泰山:比喻最高大的。秋毫:比喻

最微小的。 ㉒微者:此指身份卑微的人。 ㉓释:解除。

**【品评】**

　　这是一篇抨击封建君权的文章。文章一开始就指出:"自秦以来,凡为帝王者,皆贼也。"这和黄宗羲《原君》所谓"为天下之大害者,君而已矣",是同样的看法,而且讲得更为具体。作者首先从历史上列举帝王屠杀人民的事实,诸如汉高帝刘邦之屠城阳、屠颍阳,光武帝刘秀之屠城三百,都是显例。此外,大将杀人,偏将杀人,卒伍杀人,官吏杀人,无非"天子实杀之"。于是断言:"匹夫无故而杀人",可以"以其一身抵一人之死","有天下者无故而杀人",则"虽百其身"也"不足以抵其杀一人之罪"。也即是说,天子实为世间最大的杀人罪犯。

　　文章的论证方法,颇似《墨子》。《墨子·非攻上》先以一人"入人园圃,窃其桃李"为例,然后又举"攘人犬豕鸡豚"、"取人马牛",以至杀一人、杀十人、杀百人为例,说明亏人、杀人愈多,罪愈大。但更大的事件如攻人之国,其亏人杀人更多,而人们却不以为非。墨子认为这是"不知黑白之辨"、"不知甘苦之辨"。本篇从"食鱼而甘"讲起,先举"杀一人而取其匹布斗粟"为例,继以"杀天下之人而尽有其布粟之富"对比,从而指出:"有天下者无故而杀人",其罪"重于匹夫"。这样的论证,是符合历史事实的,是合乎逻辑的。

　　当然,作者在当时的历史条件下,仍然以为"天子者,天下之慈母",不该"无故而杀人"。殊不知不杀人则不可能成其为天子。作者还以为天子之所以杀人,乃是因为"失其本心",而"尧舜之道",是"不失其本心"的。这样的言论,又不免有些迂腐了。

# 戴名世(1653—1713)

字田有,一字褐夫,号南山,别号忧庵,桐城(今属安徽)人。康熙二十五年(1686),始游太学,一生游学四方,五十三岁始应举,五十七岁中进士,授翰林院编修。二年后左都御史赵申乔揭发其《南山集》中有"狂悖"之语,又二年被刑而死,集亦被毁。但名世之文极有成就,遗文流传不绝。今有新校本《戴名世集》。

## 醉乡记①

昔余尝至一乡陬,②颓然靡然,昏昏冥冥,天地为之易位,日月为之失明,目为之眩,心为之荒惑,体为之败乱。问之人:"是何乡也?"曰:"酣适之方,③甘旨之尝,④以徜以徉,⑤是为醉乡。"

呜呼!是为醉乡也欤?古之人不余欺也。吾尝闻夫刘伶、阮籍之徒矣。⑥当是时,神州陆沉,⑦中原鼎沸,⑧而天下之人,放纵恣肆,淋漓颠倒,相率入醉乡不已。而以吾所见,其间未尝有可乐者。或以为可以解忧云耳。⑨夫忧之可以解者,非真忧也。夫果有其忧焉,抑亦必不解也,况醉乡实不能解其忧也?然则入醉乡者,皆无有忧也。

呜呼!自刘、阮以来,醉乡遍天下。醉乡有人,天下无人矣。昏昏然,冥冥然,颓堕委靡,入而不知出焉。其不入而迷者,⑩岂无其人者欤?而荒惑败乱者,率指以为笑,则真醉乡之徒也已。

**【注释】**

①本篇选自《戴名世集》卷十四。　②陬(zōu):隅,偏僻之处。　③酣适之方:沉酣畅快之地。　④甘旨:甜美之食。⑤以徜以徉:自由自在地往来。　⑥刘伶、阮籍:二人皆晋时竹林名士,又皆以饮酒著称。阮籍因却司马氏求婚之事,一醉六十日。刘伶曾自谓"天生刘伶,以酒为名"。　⑦神州:中国。陆沉:指国家沦陷。　⑧鼎沸:鼎中开水沸腾。指动荡不安。⑨可以解忧:曹操《短歌行》:"何以解忧,惟有杜康(指酒)。"⑩不入而迷者:此指独醒之人。

**【品评】**

唐初王绩曾撰《醉乡记》,其文有云:"醉之乡,去中国不知其几千里也。其土旷然无涯,无丘陵阪险;其气和平一揆,无晦明寒暑;其俗大同,无邑居聚落;其人甚精,无爱憎喜怒,吸风饮露,不食五谷。其寝于于,其行徐徐。与鸟兽鱼鳖杂处,不知有舟车器械之用。"这个醉乡无疑是王绩所虚构的世外乐土,这和老子的"小国寡民"、庄子的"无何有之乡",具有类似之处。王绩在这里也讲到阮籍和陶渊明,以为他们都是"游于醉乡"而"没身不返"的。王绩不满现实,故有此构思,以为"醉乡氏之俗",有如"古华胥氏之国",叹为"淳寂",说:"予将游焉。"

但戴名世这篇《醉乡记》,篇名虽同,而旨趣则与王绩相反。王绩把"醉乡"视为"淳寂"的乐土,而戴名世则看作"颓然靡然,昏昏冥冥","其间未尝有可乐者"。

戴名世在清代初年,其学术思想与黄宗羲、顾炎武、王夫之等曾有相近之处,特别在史学方面,他曾有志于《明史》,自称:

"二十年来,搜求遗编,讨论掌故,胸中觉有百卷书,怪怪奇奇,滔滔汩汩,欲触喉而出。"(《与刘大山书》)但他又笃信程朱之学,思想又甚迂执。对于世之狂者如刘伶、阮籍之为人,并不理解。他自以为不是醉乡之人,其实也非真正清醒,在政治上尤属无知。例如他在《与余生书》中说:"近日方宽文字之禁,而天下所以避忌讳者万端。……使一时成败得失,与夫孤忠效死、乱贼误国、流离播迁之情状,无以示于后世,岂不可叹也哉!"正当康熙对于民族意识防闲甚严之日,却以为"方宽文字之禁",以为可以不避忌讳,这就说明头脑很不清醒。《南山集》一案,锻炼至死,也就不足为怪了。

但作者政治上虽不够清醒,文章却写得自然随便,敢于放言,不甚拘忌,颇有生气。

# 方 苞 (1668—1749)

字凤九,号灵皋,又号望溪,祖籍桐城(今属安徽)。康熙四十五年(1706)进士,康熙五十年(1711)因《南山集》案被牵入狱,两年后被释,编入汉军旗籍,入值南书房。累官礼部侍郎。年七十五,自请罢职回籍。方苞为桐城派古文创始者,为文讲究"义法",主张"阐道翼教"。著有《望溪全集》。

## 狱中杂记①

康熙五十一年三月,余在刑部狱,②见死而由窦出者,日四三人。③有洪洞令杜君者,④作而言曰:⑤"此疫作也。今天时顺正,死者尚稀,往岁多至日十数人。"余叩所以。杜君曰:"是疾易传染,遘者虽亲属,不敢同卧起。⑥而狱中为老监者四,监五室,禁卒居中央,牖其前以通明,⑦屋极有窗以达气。⑧旁四室则无之,而系囚常二百余。每薄暮下管键,⑨矢溺皆闭其中,与饮食之气相薄。⑩又隆冬,贫者席地而卧,春气动,鲜不疫矣。狱中成法,质明启钥,⑪方夜中,生人与死者并踵顶而卧,无可旋避,此所以染者众也。又可怪者,大盗积贼,⑫杀人重囚,气杰旺,⑬染此者十不一二,或随有瘳;⑭其骈死,⑮皆轻系及牵连佐证法所不及者。"⑯余曰:"京师有京兆狱,⑰有五城御史司坊,⑱何故刑部系囚之多至此?"杜君曰:

"迩年狱讼,⑲情稍重,京兆、五城即不敢专决;又九门提督所访缉纠诘,⑳皆归刑部;而十四司正副郎好事者及书吏、狱官、禁卒,皆利系者之多,㉑少有连,必多方钩致。苟入狱,不问罪之有无,必械手足,置老监,俾困苦不可忍,然后导以取保,出居于外,量其家之所有以为剂,㉒而官与吏剖焉。中家以上,皆竭资取保;其次,求脱械居监外板屋,费亦数十金;惟极贫无依,则械系不稍宽,为标准以警其余。或同系,情罪重者,反出在外;而轻者、无罪者罹其毒。积忧愤,寝食违节,及病,又无医药,故往往致死。"余伏见圣上好生之德,同于往圣,每质狱词,必于死中求其生,而无辜者乃至此!倘仁人君子为上昌言:㉓除死刑及发塞外重犯,其轻系及牵连未结正者,㉔别置一所以羁之,手足勿械,所全活可数计哉?或曰:狱旧有室五,名曰现监,讼而未结正者居之。倘举旧典,可小补也。杜君曰:"上推恩,凡职官居板屋。今贫者转系老监,而大盗有居板屋者。此中可细诘哉?不若别置一所,为拔本塞源之道也。"余同系朱翁、余生及在狱同官僧某,㉕遘疫死,皆不应重罚。又某氏以不孝讼其子,左右邻械系入老监,号呼达旦。余感焉,以杜君言泛讯之,众言同,于是乎书。

凡死刑,狱上,㉖行刑者先俟于门外,使其党入索财物,名曰"斯罗"。富者就其亲属,贫则面语之。其极刑,㉗曰:"顺我,即先刺心;否则,四肢解尽,心犹不死。"其绞缢,曰:"顺我,始缢即气绝;否则,三缢加别械,然后得死。"惟大辟无可要,㉘然犹质其首。㉙用此,富者赂数十百金,贫亦罄衣装;绝无有者,则治之如所言。主缚者亦然。㉚不如所欲,缚时即先折筋骨。每岁大决,㉛勾者十四三,<sup>㉜</sup>留者十六七,皆缚至西市待命。<sup>㉝</sup>其伤于缚者,即幸留,病数月乃瘳,或竟成痼疾。<sup>㉞</sup>余尝就老胥而问焉:"彼于刑者、缚者,非相仇也,期有得耳;果无有,终亦稍宽之,非仁术乎?"曰:"是立法以警其余,且惩后也;不如此,则人有幸心。"主桁扑者亦然。<sup>㉟</sup>余同逮以木讯者三人:<sup>㊱</sup>一人予三十金,骨微伤,病间月;一人倍之,伤肤,兼旬愈;一人六倍,即夕行步如平常。或叩之曰:"罪人有无不均,既各有得,何必更以多寡为差?"曰:"无差,谁为多与者?"孟子曰:"术不可不慎。"<sup>㊲</sup>信夫!

部中老胥,家藏伪章,文书下行直省,<sup>㊳</sup>多潜易之,增减要语,奉行者莫辨也。其上闻及移关诸部,<sup>㊴</sup>犹未敢然。功令:大盗未杀人及他犯同谋多人者,止主谋一二人立决;余经秋审皆减等发配。狱词上,中有立决者,行刑人先俟于门外,命下,遂缚以出,不羁晷刻。<sup>㊵</sup>有某姓兄弟,以把持公仓,法应立决。狱具矣,<sup>㊶</sup>胥某谓曰:"予某千金,吾生若。"叩其术,曰:"是无难,别具本章,<sup>㊷</sup>狱词无易,取案末独身无亲戚者二人易汝名,<sup>㊸</sup>俟封奏时潜易之而已。"其同事者曰:"是可欺死者,不能欺主谳者;<sup>㊹</sup>倘复请之,吾辈无生理矣。"<sup>㊺</sup>胥某笑曰:"请复之,吾辈无生理,而主谳者亦各罢去。彼不能以二人之命易其官,则吾辈终无死道也。"竟行之,案末二人立决。主者口呿舌挢,<sup>㊻</sup>终不敢诘。余在狱,犹见某姓,狱中人群指曰:"是以某某易其首者。"胥某一夕暴卒,众皆以为冥谪云。<sup>㊼</sup>

凡杀人,狱词无谋故者,<sup>㊽</sup>经秋审入矜疑,<sup>㊾</sup>即免死,吏因以巧法。<sup>㊿</sup>有郭四者,凡四杀人,复以矜疑减等,随遇赦。将出,日与其徒置酒酣歌达曙。或叩以往事,一一详述之,意色扬扬,若自矜诩。<sup>㌴</sup>噫! 渫恶吏忍于鬻狱,<sup>㌵</sup>

无责也;而道之不明,良吏亦多以脱人于死为功,而不求其情。其枉民也亦甚矣哉!

奸民久于狱,与胥卒表里,㉝颇为奇羡。㉞山阴李姓㉟以杀人系狱,每岁致数百金。康熙四十八年,以赦出。居数月,漠然无所事,其乡人有杀人者,因代承之。盖以律非故杀,必久系,终无死法也。五十一年,复援赦减等谪戍,㊱叹曰:"吾不得复入此矣!"故例:谪戍者移顺天府羁候,㊲时方冬停遣,李具状求在狱候春发遣,㊳至再三。不得所请,怅然而出。

## 【注释】

①本篇选自《方望溪先生全集·集外文》卷六。康熙五十年(1711),方苞因戴名世《南山集》案牵连入狱,本文即作者在狱中所写。  ②刑部:为清代最高司法部门。  ③窦:此指监狱墙上所开的洞口。  ④洪洞:今山西省洪洞县。  ⑤作:站起。  ⑥遘(gòu)者:受传染者。  ⑦牖:此指开窗。  ⑧屋极:屋顶。  ⑨管键:锁钥。  ⑩相薄:此指臭气混合。  ⑪质明:天正明之时。启钥:开锁。  ⑫积贼:惯盗。  ⑬气杰旺:精气特盛。  ⑭瘳(chōu):病愈。  ⑮骈死:并列、相继而死。  ⑯轻系:罪轻被囚者。  ⑰京兆:此指包括京城及郊区的顺天府。  ⑱五城御史司坊:清朝京城分东、西、南、北、中五城,各设巡城御史。五城又各设兵马司,每司又分二坊。  ⑲迩年:近年。  ⑳九门提督:京城九门(正阳、崇文、宣武、安定、德胜、东直、西直、朝阳、阜城)的督查官。访缉:查访缉捕。纠诘:盘问。  ㉑十四司正副郎:刑部设十四司,司设郎中和员外郎。  ㉒剂:此作数量解。  ㉓为上昌言:向皇上建议。  ㉔结正:结案定罪。  ㉕同官:县名,今陕西省铜川市。或指同僚。僧某:即某僧。  ㉖狱上:判决上报。  ㉗极刑:此指凌迟。  ㉘大

辟:斩首。要(yāo):要挟。㉙质其首:抵押其头。㉚主缚:主管捆绑。㉛大决:亦称秋决,判死刑者一般于秋季行刑。“立决”者例外。㉜勾者:经皇帝在姓名上勾抹者,即批准执行死刑者。㉝西市:清京城行刑的街市,在今北京宣武门外菜市口。㉞痼疾:不治之症。㉟主梏扑者:主管上刑具、拷打的人。㊱木讯:用木板木棍刑讯。㊲术不可不慎:《孟子·公孙丑上》:“矢人岂不仁于函人哉?矢人惟恐不伤人,函人惟恐伤人,巫匠亦然,故术不可不慎也。”此处“术”指技艺、行业。㊳直省:即中央所属诸省。㊴上闻:上奏。移关:移文及关文。旧时官署文书,对不相统属的部门用“移文”,百官相互质询用“关文”。清时移文关文都是平行部门往来的文书。㊵不羁晷刻:一刻也不停留。晷刻,即时刻。㊶狱具:罪案已定。㊷别具本章:另外准备一本奏章。㊸案末:同案中名列最末、即案情最轻者。㊹主谳(yàn)者:主审官。㊺生理:活路。㊻主者:主审官。口呿(qū):张口。舌挢(jiǎo):伸舌。㊼冥谪:阴间的惩罚。㊽谋故:谋杀、故杀。㊾入矜疑:归入“可矜”、“可疑”两类。㊿巧法:弄法作弊。(51)矜诩:夸耀。(52)渫(xiè)恶吏:即污吏鬻狱,拿官司作交易。(53)表里:内外勾结。(54)奇(jī)羡:赢余。(55)山阴:今浙江省绍兴市。(56)援赦减等谪戍:按照赦例减刑发配充军。(57)羁候:暂时羁押、等候遣送。(58)具状:写呈文。

**【品评】**

这篇文章,名为“杂记”,在今天看来,也可以说是“报告文学”。作者在监狱里被囚两年,虽然是不幸的事,但由此而写出这样的文章,也是幸事。在方苞的全部文章中,这篇文章是最有内容、最有深度的。

文章所记者,可说是康熙盛世的一潭污泥浊水。方苞亲身经历了这样的生活,如实描述,便写得淋漓尽致。其中对于胥吏揭露之深透,是唐宋以来古文家的笔下所罕见的。这样的文章对于大清王朝的"太平盛世"不能不说是有所玷污,这对于方苞自己"阐道翼教"的主张也不能不说是有些背离。况且,古今凡讲"太平盛世",应是"囹圄皆空",而此文所记,京城这一"首善之区",竟是人间地狱。刑狱之多,钩致之繁,从郎官到狱卒之贪污勒索,平民百姓之含冤无告,无不令人发指。

当然,有钱即生,无钱即死,古来衙门,例皆如此。在金钱万能的社会里,本不足怪。方苞一介书生,对于社会现状,似不深知;一入囹圄,乃百感交集,发而为文,也就笔墨淋漓,烛幽索隐,无微不至。

当然,也要看到,文章所揭露者,止于胥吏;所涉及者,也止于老监。因此,尽管这样的文章,在"太平盛世",不免有些"违碍",却也不能算是"离经叛道"。因为在他揭露监狱的同时,还是讲到"圣上好生之德",始终没有忘记"颂圣"的。


# 左忠毅公逸事①

先君子尝言:②乡先辈左忠毅公视学京畿,③一日,风雪严寒,从数骑出,微行,④入古寺。庑下一生伏案卧,⑤文方成草。⑥公阅毕,即解貂覆生,为掩户。叩之寺僧,⑦则史公可法也。⑧

及试,吏呼名至史公,公瞿然注视,⑨呈卷,即面署第一。召入,使拜夫人,曰:"吾诸儿碌碌,⑩他日继吾志事,惟此生耳。"

及左公下厂狱,⑪史朝夕狱门外,逆阉防伺甚严,⑫虽家仆不得近。久之,闻左公被炮烙,⑬旦夕且死,持五十金,涕泣谋于禁卒,卒感焉。一日,使史更敝衣草屦,[14]背筐,手长镵,[15]为除不洁者,引入。微指左公处,则席地倚墙而坐,面额焦烂不可辨,左膝以下,筋骨尽脱矣。史前跪,抱公膝而呜咽。公辨其声而目不可开,乃奋臂以指拨眦,[16]目光如炬,怒曰:"庸奴! 此何地也? 而汝来前! 国家之事,糜烂至此,老夫已矣,汝复轻身而昧大义,天下事谁可支柱者? 不速去,无俟奸人构陷,[17]吾今即扑杀汝!"因摸地上刑械,作投击势。史噤不敢发声,[18]趋而出。后常流涕述其事以语人,曰:"吾师肺肝,皆铁石所铸造也。"

崇祯末,[19]流贼张献忠出没蕲、黄、潜、桐间。[20]史公以凤庐道奉檄守御。[21]每有警,辄数月不就寝,使将士更休,而自坐幄幕外。择健卒十人,令二人蹲踞而背倚之。漏鼓移,[22]则番代。[23]每寒夜起立,振衣裳,甲上冰霜迸落,铿然有声。或劝以少休,公曰:"吾上恐负朝廷,下恐愧吾师也。"

史公治兵,往来桐城,必躬造左公第,[24]候太公、太母起居,[25]拜夫人于堂上。

余宗老涂山,[26]左公甥也,与先君子善,谓狱中语,乃亲得之于史公云。

**【注释】**

①本篇选自《方望溪先生全集》卷九。左忠毅公:左光斗(1575—1625),字遗直,明桐城(今属安徽)人。万历进士,累官左佥都御史。天启四年(1624),左副都御史杨涟劾宦官魏忠贤二十四大罪,左光斗亦上疏劾其三十二斩罪。天启五年六月(1625),乃与杨涟等被诬下狱,七月,死于狱中。弘光帝时追谥

为"忠毅"。逸事：又作佚事，指散佚的事迹。 ②先君子：指作者已故的父亲。 ③乡先辈：同乡的长辈。视学：以朝廷特派的官员身份到下属视察学政。京畿：国京所辖地区。 ④微行：改装出行。 ⑤庑下：此指廊下小屋。 ⑥成草：写成草稿。 ⑦叩：询问。 ⑧史公可法：史可法，字宪之，明末祥符（今河南省开封市）人。南明福王时以兵部尚书大学士督师扬州。城破，被清兵所执，不屈而死。 ⑨瞿(jù)然：惊视的样子。⑩碌碌：凡庸。 ⑪厂狱：此指东厂监狱，永乐十八年设，为监视官员、镇压叛乱的特务机关。由太监主管。 ⑫逆阉：此指魏忠贤。 ⑬炮烙(páo luò)：古之酷刑，烧热铜柱，烫人皮肉。⑭屦(jù)：鞋。 ⑮长镵(chán)：长柄铲土工具。 ⑯眦：目眶。⑰构陷：编造罪名，加以陷害。 ⑱噤：闭口不言。 ⑲崇祯：明思宗年号。 ⑳张献忠：明末农民起义军领袖之一。蕲(qí)：今湖北省蕲春县。黄：今湖北省黄冈县。潜：今安徽省潜山县。桐：今安徽省桐城县。 ㉑凤庐道：凤阳府及庐州府的道员。檄：此指文书指令。 ㉒漏鼓：指军中报时的更鼓，每过一更，击鼓一次。 ㉓番代：轮番代替。 ㉔躬造：亲自造访。第：府第。 ㉕太公太母：此指左光斗的父母。 ㉖同族的前辈。涂山：方苞之族祖方文，号涂山，明遗民。

## 【品评】

　　顾炎武《日知录》卷十九《古人不为人立传》云："不当作史之职，无为人立传者，故有碑有志有状而无传。"讲到韩、柳之文，说："若段太尉，则不曰传，曰逸事状。子厚之不敢传段太尉，以不当史任故也。"又说："自宋以后，乃有为人立传者。"方苞生于清代，本来可以为人立传，在他的文集中，以传名篇者也并不少；而此篇独名"逸事"者，盖不仅只书"逸事"，可能尚有回避专为史可法这样的人物立传之嫌。

　　篇名"左忠毅公逸事"，其实兼及"史公"。文章追记左忠毅公两件逸事,都涉及他和史可法的关系。因此,这篇逸事,既是表彰左光斗,也是颂扬史可法。

史可法曾是明末抗清最为知名的人物,方苞为文对他加以颂扬,这是相当冒险的。《南山集》一案的教训,方苞应该记忆犹新。但他之所以敢于动笔者,也许因为这时大清王朝已经比较稳定,有了表彰节烈的政治需要了。但即使如此,方苞行文还是十分矜慎的。他写史可法治兵,只讲他如何致力于镇压农民起义,而只字不提他抗清的事迹。如果同全祖望的《梅花岭记》相比,显然有所回避。当然,这篇文章是煞费苦心的,其谋篇之严密,用语之简洁,都体现了作者主张"明于体要,而所载之事不杂"(《书萧相国世家后》)的特点。

# 郑　燮(1693—1765)

　　字克柔,号板桥。兴化(今属江苏)人。少时家贫,曾教家馆,乾隆元年(1736)中进士,历官山东范县、潍县知县。有《自叙》说:"板桥诗文,自出己意。"又"不治经学",工书善画。其题画诗文及家书诸作,自然坦率,极富特色。著作今有《郑板桥集》。

## 范县署中寄舍弟墨第四书①

　　十月二十六日得家书,知新置田获秋稼五百斛,②甚喜。而今而后,堪为农夫以没世矣。要须制碓制磨,③制筛罗簸箕,制大小扫帚,制升斗斛。家中妇女,率诸婢妾,皆令习舂揄蹂簸之事,④便是一种靠田园长子孙气象。天寒冰冻时,穷亲戚朋友到门,先泡一大碗炒米送手中,佐以酱姜一小碟,最是暖老温贫之具。暇日咽碎米饼,煮糊涂粥,双手捧碗,缩颈而啜之,霜晨雪早,得此周身俱暖。嗟乎!嗟乎!吾其长为农夫以没世乎!

　　我想天地间第一等人,只有农夫,而士为四民之末。⑤农夫上者种地百亩,其次七八十亩,其次五六十亩,皆苦其身,勤其力,耕种收获,以养天下之人。使天下无农夫,举世皆饿死矣。吾辈读书人,入则孝,出则弟,⑥守先待后,得志泽加于民,不得志修身见于世,所以又高于农夫一等。今则不然,一捧书本,便想中举中进士作官,如何攫取金钱,造大房屋,置多田产。起手便错走了路头,后来越做越坏,总没有个好结果。其不能发达者,乡里作恶,小头锐面,⑦更不可当。夫束修自好者,⑧岂无其人;经济自期,⑨抗怀千古者⑩亦所在多有。而好人为坏人所累,遂令我辈开不得口;一开口,人便笑,曰:"汝辈书生,总是会说,他日居官,便不如此说了。"所以忍气吞声,只得捱人笑骂。工人制器利用,⑪贾人搬有运无,皆有便民之处。而士独于民大不便,无怪乎居四民之末也!且求居四民之末,而亦不可得也。

　　愚兄平生最重农夫,新招佃地人,必须待之以礼。彼称我为主人,我称彼为客户,主客原是对待之义,我何贵而彼何贱乎?要体貌他,⑫要怜悯他,有所借贷,要周全他,不能偿还,要宽让他。尝笑唐人《七夕》诗,咏牛郎织女,皆作会别可怜之语,殊失命名本旨。织女,衣之源也,牵牛,食之本也,在天星为最贵;天顾重之,而人反不重乎?其务本勤民,呈象昭昭可鉴矣。⑬吾邑妇人,不能织绸织布,然而主中馈,⑭习针线,犹不失为勤谨。近日颇有听鼓儿词,⑮以斗叶为戏者,⑯风俗荡轶,⑰亟宜戒之。

　　吾家业地虽有三百亩,总是典产,⑱不可久恃。将来须买田二百亩,予兄弟二人,各得百亩足矣,亦古者一夫受田百亩之义也。⑲若再求多,便是占人产业,莫大罪过。天下无田无业者多矣,我独何人,贪求无厌,穷民将何所措足乎!或曰:世上连阡越陌,数百顷有余者,子将奈何?应之曰:他自做他家事,我自做我家事,世道盛则一德遵王,⑳风俗偷则不同为恶,㉑亦板桥之家法也。哥哥字。

**【注释】**

①本篇选自《郑板桥集·家书》。范县,原属山东省,今属河南省。墨:作者堂弟。此信写于乾隆九年,作者五十二岁。②斛:当时五斗为一斛。 ③碓(duì):舂米器,多用石制。④舂揄(yóu)蹂(róu)簸:即捣、舀、搓、簸四种劳作。蹂,同揉。《诗经·大雅·生民》:"或舂或揄,或蹂或簸。" ⑤四民:古称士、农、工、商为四民。 ⑥"入则孝"三句:《孟子·滕文公下》:"入则孝,出则悌,守先王之道,以待后之学者。"讲为士之道,即本文所本。 ⑦小头锐面:此指善于钻营。 ⑧束修自好:即自律、自爱,严格要求自己。 ⑨经济:此指经世济民。 ⑩抗怀千古:指立志高尚,上比古人。 ⑪利用:利民之用。 ⑫体貌:以礼相待。 ⑬呈象:显示形象。 ⑭主中馈:主管家中饭食供应。 ⑮鼓儿词:亦名鼓子词,一种说唱的曲艺。 ⑯斗叶:即玩纸牌(叶子)。 ⑰荡轶:放荡出格。 ⑱典产:出钱币而定期占有的房地产。 ⑲一夫受田百亩:《孟子·万章上》:"一夫百亩。" ⑳措足:置足,立足。 ㉑一德遵王:一心一意,遵守王法。 ㉒偷:此指浇薄。

**【品评】**

板桥家书,多是家常言语,但与归有光之叙家人父子之情不同。他不仅叙述家庭琐事,而且往往涉及民间疾苦。《国朝(即清朝)耆献类征》所载板桥小传说他"寄弟书数纸,皆老成忠厚之言,大有光禄(陶弘景)《庭诰》、(颜之推)《颜氏家训》遗意"。谓之"老成忠厚",是不错的;但板桥之书又不同于《庭诰》和《颜氏家训》,板桥的胸怀是更为广阔的,感情也是更为真淳的。与其说他近于陶弘景和颜之推,还不如说他更近于陶渊明。渊明与子疏中有"此亦人子(指仆役)也,可善遇之"。正与板桥寄弟书中所说"新招佃地人,必须待之以礼"同一旨意。

这篇书信的思想特点,是对农民的由衷的尊重和同情。

"我何贵而彼何贱",这看法大不同于"万般皆下品,唯有读书高"的传统思想。在长期的封建社会中,士大夫思想达到这样的境界的,并不多见。尽管作者仍是站在中小地主的立场同情、怜悯佃户,也是十分难得的。

　　作者的感情是真诚的,语言也是本色的。心地真淳,言皆坦率,随口道出,不假修饰。不仅是家常语,且多口头语。这样的文章,和当日桐城派的文章相比,显然是别开生面的。自抒胸臆,无所依傍,有如明代的袁中郎等小品的作者;而面向下层,不自标榜,又与中郎一派不同。

# 刘大櫆(1698—1779)

字才甫,一字耕南,号海峰,桐城(今属安徽)人。诸生,一生以教书为业,晚年为黟县教谕。早年曾游京师,方苞见其文,叹曰:"如苞何足算耶?邑子刘生,乃国士耳。"姚鼐曾从其学为古文。在方苞之后,姚鼐之前,他是桐城派的重要作者。著作今有《刘大櫆集》。

## 无斋记①

天下之物,无则无忧,而有则有患。人之患,莫大乎有身,②而有室家即次之。今夫无目,何爱于天下之色?无耳,何爱于天下之声?无鼻无口,何爱于天下之臭味?无心思,则任天下之理乱、是非、得失,吾无与于其间,而吾事毕矣。

横目二足之民,瞀然不知无之足乐,③而以有之为贵。有食矣,而又欲其精;有衣矣,而又欲其华;有宫室矣,而又欲其壮丽。明童艳女之侍于前,吹竽击筑之陈于后,而既已有之,则又不足以厌其心志也。④有家矣,而又欲有国;有国矣,而又欲有天下;有天下矣,而又欲九夷八蛮之无不宾贡;⑤九夷八蛮无不宾贡矣,则又欲长生久视,⑥历万祀而不老。⑦以此推之,人之歆羡于富贵佚游,而欲其有之也,岂有终穷乎?古之诗人,心知其意,故为之歌曰:"隰有苌楚,⑧猗傩其枝。⑨夭之沃沃,⑩乐子之无知。"夫不自明其一身之苦，而第以苌楚之无知为乐，其意虽若可悲，而其立言则亦既善矣。

余性觺而愚，[11]于外物之可乐，不知其为乐，而天亦遂若顺从其意，凡人世之所有者，我皆不得而有之。上之不得有驰驱万里之功，下之不得有声色自奉之美，年已五十余而未有子息。[12]所有者惟此身耳。呜呼！其亦幸而所有之惟此身也，使其于此身之外而更有所有，则吾之苦其将何极矣；其亦不幸而犹有此身也，使其并此身而无之，则吾之乐其又将何极矣！

旅居无事，左图右史，[13]萧然而自足。啼饥之声不闻于耳，号寒之状不接于目，自以为无知，而因以为可乐，于是以"无"名其斋云。

**【注释】**

①本篇选自标点本《刘大櫆集》卷十。　②入之患莫大乎有身：《老子》第十三章："吾所以有大患者，为吾有身；及吾无身，吾有何患？"《老子》之言，似即作者所本。　③瞀（mào）然：形容昏暗。　④厌：满足。　⑤九夷：《论语·子罕》："子欲居九夷。"古时泛称东方一些少数部族为夷，九夷或指落后地区。八蛮：古时泛称南方一些少数部族为蛮。《尔雅·释地》有"九夷、八狄、七戎、六蛮"。《尚书·旅獒》："通道于九夷八蛮"。《传》："九、八，言非一。"则"九夷"、"八蛮"皆系泛指。宾贡：宾服纳贡。　⑥长生久视：《老子》第五十九章："是谓根深固柢，长生久视之道。"久视即久立之意，与"长生"义同。　⑦祀：年。⑧隰（xí）有苌楚：《诗经·桧风》篇名。隰：低湿之地。苌楚：蔓生植物。　⑨猗傩（ē nuó）：形容轻柔。　⑩夭：指草木初生者。沃沃：肥美。　⑪觺（zhuān）：愚蒙。　⑫子息：子孙。　⑬左图右史：《新唐书·杨绾传》："性沉靖，独处一室，左右图史。"此

指以书为侣。

## 【品评】

刘大櫆一介穷儒,终生潦倒,直到老年,仍然孤介一身。科第不得志,生活无聊赖,发而为文,颇多牢骚。这篇《无斋记》标题命意都是有特色的。古来的文人学者,多有斋堂之记,所取斋名,多自标榜。或自高志趣,不免矜饰;或请人撰述,尤多溢美。但刘大櫆以"无"名斋,而自为记,命名立意,都很别致。

作者本是儒生,而此文开宗明义,乃谓"人之患,莫大乎有身"。此为老子避患之言,为世儒所不道者,而作者竟乐道之,且详加阐述。这就说明,作者为文,实多愤慨。

其愤慨之深者,并非仅在于个人之穷愁潦倒,一无所有;而更在于世人之贪得无厌。例如:"有家矣,而又欲有国;有国矣,而又欲有天下。有天下矣……则又欲长生久视,历万祀而不老。"从秦始皇、汉武帝,到武则天,以及此后的历朝皇帝之佞事仙道者,其幻想长生久视,几乎无一例外。作者说这些话,虽是类推而言,却是触及了上层统治者贪欲无穷的思想实质的。

作者终生,一无所有,"所有者,惟此身耳。"既有此身,自然仍有"人之患"。于是最后又说:"使其并此身而无之,则吾之乐其又将何极矣!"这当然又是牢骚自遣之言。谓之"可乐",则其苦可知。

作者此文,用语简洁,有如方苞;而吐词明快,则又过之。方苞盛称其文,似非虚誉。

# 全祖望(1705—1755)

　　字绍衣,一字谢山,鄞县(今属浙江)人。乾隆元年(1736)进士,为翰林院庶吉士,为权贵排斥,辞官归里。曾主讲蕺山书院、端溪书院,贫病而终。学兼经史,其学风、文风直继清初顾炎武、黄宗羲诸家。著作有《鲒埼亭集》等。

## 梅花岭记①

　　顺治二年乙酉四月,②江都围急。③督相史忠烈公知势不可为,④集诸将而语之曰:"吾誓与城为殉,然仓惶中不可落于敌人之手以死,谁为我临期成此大节者?"⑤副将军史德威慨然任之。⑥忠烈喜曰:"吾尚未有子,汝当以同姓为吾后,吾上书太夫人,⑦谱汝诸孙中。"⑧

　　二十五日,城陷,忠烈拔刀自裁。诸将果争前抱持之。忠烈大呼德威,德威流涕不能执刃,遂为诸将所拥而行。至小东门,大兵如林而至。⑨马副使鸣騄、任太守民育及诸将刘都督肇基等皆死。⑩忠烈乃瞠目曰:⑪"我史阁部也。"⑫被执至南门,和硕豫亲王以先生呼之,⑬劝之降,忠烈大骂而死。

　　初,忠烈遗言,⑭"我死,当葬梅花岭上。"至是,德威求公之骨不可得,乃以衣冠葬之。或曰:"城之破也,有亲见忠烈青衣乌帽,乘白马,出天宁门投江死者,未尝殒于城中也。"自有是言，大江南北，遂谓忠烈未死。已而英、霍山师大起，[15]皆托忠烈之名，仿佛陈涉之称项燕。[16]吴中孙公兆奎以起兵不克，[17]执至白下，[18]经略洪承畴与之有旧，[19]问曰："先生在兵间，审知故扬州阁部史公果死耶，[20]抑未死耶？"孙公答曰："经略从北来，审知故松山殉难督师洪公果死耶，抑未死耶？"承畴大恚，[21]急呼麾下驱出斩之。呜呼！神仙诡诞之说，谓颜太师以兵解，[22]文少保亦以悟大光明法蝉蜕，[23]实未尝死。不知忠义者圣贤家法，其气浩然，常留天地之间，何必出世入世之面目？神仙之说，所谓"为蛇画足"[24]。即如忠烈遗骸，不可问矣。百年而后，予登岭上，与客述忠烈遗言，无不泪下如雨，想见当日围城光景，此即忠烈之面目，宛然可遇，是不必问其果解脱否也；而况冒其未死之名者哉！

墓旁有丹徒钱烈女之冢，[25]亦以乙酉在扬，凡五死而得绝，时告其父母火之，无留骨秽地。扬人葬之于此。江右王猷定、关中黄遵岩、粤东屈大均，为作传铭哀辞。[26]

顾尚有未尽表章者。予闻忠烈兄弟，自翰林可程下，[27]尚有数人。其后皆来江都省墓。适英、霍山师败，捕得冒称忠烈者，大将发至江都，令史氏男女来认之。忠烈之第八弟已亡，其夫人年少有色，守节，亦出视之。大将艳其色，欲强娶之。夫人自裁而死。时以其出于大将之所逼也，莫敢为之表章者。呜呼！忠烈尝恨可程在北，当易姓之间，[28]不能仗节，出疏纠之。[29]岂知身后乃有弟妇以女子而踵兄公之余烈乎！梅花如雪，芳香不染，异日有作忠烈祠者，副使诸公，谅在从祀之列，当另为别室以祀夫人，附以烈女一辈也。

**【注释】**

①本篇选自《鲒埼亭集·外编》卷二十。梅花岭:在今江苏省江都区广储门外。史可法衣冠冢在此。本文所记,主要为史可法殉难事迹。 ②顺治:清世祖年号。 ③江都:即今扬州市。顺治二年(1645),清豫亲王多铎带兵围攻扬州,史可法坚守无援,情势危急。 ④督相史忠烈公:即史可法。当时他以兵部尚书、大学士在扬州督师,故称都相,忠烈是福王赠他的谥号。 ⑤成此大节:成全这为国捐躯的节操。 ⑥史德威:平阳(今山西临汾)人。 ⑦太夫人:史可法之母。 ⑧诸孙:孙辈。 ⑨大兵:此指清兵。 ⑩马副使鸣騄:陕西省襄城县人。任太守民育:山东省济宁人,时为扬州知府。刘都督肇基:辽东人,扬州被围,他分守北门,城破,一军皆没。 ⑪瞠目:张目而视。 ⑫阁部:史可法以大学士兼管兵部,故称阁部。 ⑬和硕豫亲王:即多铎,清太祖努尔哈亦第十五子。 ⑭忠烈遗言:《小腆纪年》卷十载有史可法临危书解其家人及与史德威诀别之语。 ⑮英、霍山师:指英山(县名,今属湖北)、霍山(县名,今属安徽)的抗清的军队。 ⑯项燕:战国时楚之名将。陈涉起义,曾假托项燕之名。 ⑰吴中:今江苏省吴中区。孙公兆奎:吴江人,曾与吴日星联合抗清。兵败被俘。 ⑱白下:故城在今南京市北,亦为南京的别称。 ⑲经略:明时临战统兵之官。洪承畴曾于崇祯时任兵部尚书、蓟辽总督,降清后,官至武英殿大学士、七省经略。洪承畴于松山战败被俘时,曾有殉难的传闻,崇祯且曾信以为真。故下文孙兆奎以此发问。 ⑳审知:确知。 ㉑恚:怒。 ㉒颜太师:颜真卿。唐德宗时官至太子太师。后被叛将李希烈杀害。兵解:道教称有道者死于兵刃为兵解。 ㉓文少保:文天祥抗元,卫王立,加少保,封信国公。兵败被执,不降,被杀。在狱时有诗云:"谁知真患难,忽遇大光明。"佛教称被杀头而成佛为大光明。蝉蜕:古神仙家说有道者死而成仙如蝉之脱皮。 ㉔为蛇画足:谓多此一举,没有必要。

㉕丹徒:县名,今属江苏省镇江市。钱烈女:名淑贤。　㉖江右:指江西省。王猷定:江西南昌人,明亡隐居不出。黄遵岩:未详。粤东:指广东省。屈大均:广东番禺人。明亡后,曾出家为僧。　㉗可程:史可法弟,崇祯进士,曾投降李自成。　㉘易姓之间:指改朝换代。　㉙出疏纠之:上疏纠弹。

【品评】

　　全祖望在清代乾隆年间,虽然和一般"乾嘉学派"的学者同样从事于经史考证之学,但他特别重视历史文献,尤其留心易代之际的人物事迹;和某些乾嘉学者专门致力于文字考证者不同。《清史稿》虽然将他列入《儒林传》,实际上他也长于诗文。而且正当桐城派古文开始盛行于世,他的文章自有特点。这篇《梅花岭记》即可为例。

　　文章题为《梅花岭记》,颇似纪游之文,而实属人物传记。作者在这里主要追述了史可法的殉国事迹,兼及其他矢志不屈的人物。表彰忠烈,是一篇文章的主旨。

　　这篇文章的特点是不仅客观地追述了史可法等宁死不屈的英烈事迹,而且字里行间颇带感情。作者一方面对于史可法这样的英烈深表钦敬,另一方面也对洪承畴一流屈身事敌的败类加以嘲讽。是非爱憎,格外分明。

　　鲁迅说过:乾嘉的某些考证学者,慑于文字狱的淫威,往往"专事研究错字,争论生日",而不再敢像清初学者那样"纵论唐宋,搜讨前明遗闻"。但这篇文章则不仅搜讨了"前明遗闻",而且纵论唐之颜真卿、宋之文天祥。这样的文章可以说是继承了清初学者如顾炎武、黄宗羲、王夫之等人的传统的。

# 袁 枚(1716—1797)

字子才,号简斋,又号随园老人。钱塘(今浙江杭州)人。乾隆四年(1739)进士,历任江宁(今江苏南京)等地知县。辞官后,居江宁小仓山,筑随园,不复出仕。以诗著称,论诗主张"性灵",为文不拘格套。著有《小仓山房诗文集》、《随园诗话》等。

## 黄生借书说①

黄生允修借书。②随园主人授以书而告之曰:"书非借不能读也。子不闻藏书者乎?七略四库,③天子之书,然天子读书者有几?汗牛塞屋,④富贵家之书,然富贵人读书者有几?其他祖父积、子孙弃者无论焉。⑤非独书为然,天下物皆然。非夫人之物,⑥而强假焉,⑦必虑人逼取,而惴惴焉摩玩之不已,⑧曰今日存,明日去,吾不得而见之矣。若业为吾所有,⑨必高束焉,⑩庋藏焉,⑪曰姑俟异日观云尔。"

余幼好书,家贫难致。有张氏藏书甚富,往借不与,归而形诸梦,其切如是。故有所览,辄省记。⑫通籍后,⑬俸去书来,落落大满,⑭素蟫灰丝,⑮时蒙卷轴,⑯然后叹借者之用心专,而少时之岁月为可惜也。

今黄生贫类予,其借书亦类予,惟予之公书,与张氏之吝书,若不相类。⑰然则予固不幸而遇张乎,生固幸而遇予乎？知幸与不幸，则其读书也必专，而其归书也必速。为一说，使与书俱。⑱

**【注释】**

①本篇选自《小仓山房诗文集》卷二十二。　②黄生允修：不详待考。　③七略：汉刘歆著，原书不存，班固撰《汉书·艺文志》实袭用《七略》之文。史称汉成帝曾命刘向检校国家的藏书，刘向死后，其子刘歆继承其业，总括群篇，摄其指要，著为《七略》。此书乃书目提要，兼述学术源流，为目录学之祖。四库：即四部。晋时荀勖始将图书分甲乙丙丁四部，清代编纂经史子集四部之书，名为《四库全书》。　④汗牛塞屋：即常言之"汗牛充栋"。柳宗元《陆文通先生墓志》："其为书，处则充栋宇，出则汗牛马。"这是形容藏书之多，居则装满室屋，行则须牛马搬运。　⑤无论焉：不必说了。　⑥夫人：彼人，即那人。⑦强假焉：勉强借到。　⑧惴惴焉：形容忧惧，担心。摩玩：玩赏。　⑨业：已经。　⑩高束：束之高阁，此指深藏。　⑪庋（guǐ）：收藏。　⑫省记：熟记。　⑬通籍：初做官。　⑭落落：高起之状。　⑮蟫（yín）：白鱼，即书中蠹鱼。丝：指蛛网。⑯蒙：蒙盖。卷轴：即书籍。古书装为卷轴收藏。　⑰若不相类：似不相同。　⑱使与书俱：谓将此文与黄生所借之书放在一起。

**【品评】**

袁枚生于乾嘉之际，正当朴学之考据、桐城之古文盛行之时，但他的学问文章，不同于乾嘉诸子，也异于桐城一派，而自成一家，别有蹊径。自从他在江宁随园定居，著书创作，颇矜诩。如其《送稽拙修》诗云："我自挂冠来，著述穷晨昏。于诗兼唐宋，于文极汉秦。六经多创解，百氏有讨论。八十一家中，颇树一帜新。"就是说，自己的诗文著作，是独树一帜的。他的思想也有新的特点，他曾宣称自己杂学儒道，《山居绝句》诗云："问我归心向何处，三分周孔二分庄。"就是说，他的信仰是驳杂的。他的文章，既不似清初顾炎武等前辈之讲"经世致用"，也不似其后方苞等人之讲"阐道翼教"，而颇似明代袁中郎等人之追求"适世"。思想相近，文亦相似。中郎之文写得潇洒，袁枚之文也写得随便。《中郎尺牍》、《随园尺牍》，可谓无独有偶。这篇《黄生借书说》也有此特点。

这篇文章之主旨，不过是说：有书者并不读书，而借书者反而能读。道理相当简单，但他说得很有深度。尤其是说到"七略四库"，"天子之书"，"富贵家之书"，几乎没有人读。真正读书的，是贫者，不是富者。

文章最后说，当年自己借书，而张家"吝书"；今天黄生借书，而自己"公书"。这是我之不幸而黄生之幸。如果黄生能够"知幸与不幸"，"则其读书也必专，而其归书也必速"。这也就是说，希望黄生专心读书，并尽快还书。文章至此，也即终篇。意尽而止，坦率自然。

# 姚　鼐 (1731—1815)

字姬传，一字梦榖，室名惜抱轩。桐城（今属安徽）人。乾隆进士，官至刑部郎中。晚年辞官，曾主讲钟山、紫阳等书院四十余年。为桐城派古文集大成者。为文主张义理、考证、文章三者并重。著有《惜抱轩全集》，所编《古文辞类纂》流传甚广。

## 登泰山记①

泰山之阳，②汶水西流；③其阴，④济水东流。⑤阳谷皆入汶，⑥阴谷皆入济。当其南北分者，古长城也。⑦最高日观峰，⑧在长城南十五里。

余以乾隆三十九年十二月，⑨自京师乘风雪，⑩历齐河、长清，⑪穿泰山西北谷，越长城之限，至于泰安。是月丁未，⑫与知府朱孝纯子颖由南麓登。⑬四十五里，道皆砌石为磴。其级七千有余。泰山正南面有三谷，中谷绕泰安城下，郦道元所谓环水也。⑭余始循以入，道少半，越中岭，复循西谷，遂至其巅。古时登山，循东谷入，道有天门。⑮东谷者，古谓之天门谿水，余所不至也。今所经中岭，及山巅崖限当道者，世皆谓之天门云。道中迷雾冰滑，磴几不可登。及既上，苍山负雪，明烛天南，⑯望晚日照城郭，汶水、徂徕如画，⑰而半山居雾若带然。⑱戊申晦，五鼓，⑲与子颖坐日观亭待日出。大风扬积雪击面。

亭东自足下皆云漫,稍见云中白若摴蒱数十立者,⑳山也。极天,云一线异色,须臾成五采。日上,正赤如丹,下有红光,动摇承之。或曰:此东海也。回视日观以西峰,或得日,㉑或否,绛皓驳色,㉒而皆若偻。

亭西有岱祠,㉓又有碧霞元君祠。㉔皇帝行宫在碧霞元君祠东。㉕是日,观道中石刻,自唐显庆以来,㉖其远古刻尽漫失;僻不当道者,皆不及往。

山多石,少土。石苍黑色,多平方,少圆。少杂树,多松,生石罅,㉗皆平顶。冰雪,无瀑水,无鸟兽音迹。至日观,数里内无树,而雪与人膝齐。

桐城姚鼐记。

## 【注释】

①本篇选自《惜抱轩全集》卷十四。泰山:又名岱宗,为五岳之一,在山东泰安市北。　②阳:此指南面。　③汶水:即大汶河。　④阴:此指北面。　⑤济水:又名沇水。　⑥阳谷:指南面山谷的流水。下句"阴谷"指北面山谷的流水。　⑦古长城:指战国时齐国所筑的长城。　⑧日观峰:在山顶东侧,为登山观日出之处。　⑨乾隆三十九年:公元 1774 年。　⑩京师:指清代都城北京。　⑪齐河、长清:县名(均属山东)。　⑫是月丁未:农历十二月二十八日。　⑬朱孝纯子颍:朱孝纯字子颍,山东历城人。　⑭郦道元:字善长,北魏范阳人,著有《水经注》。环水:《水经注·汶水》:"水出泰山南溪。"　⑮天门:此指南天门。　⑯烛:照耀。　⑰徂(cú)徕:山名,在泰安城东南。　⑱居:停留。　⑲戊申晦:农历十二月二十九日。五鼓:半夜。　⑳稍见:依稀见到。摴蒱(chū pú):古时一种赌博,此指赌具。　㉑得日:得到日照。　㉒绛皓驳色:红白错杂的颜色。　㉓岱祠:祭泰山之神东岳大帝的东岳庙。　㉔碧霞元君:传为东岳

大帝之女。宋真宗建祠以祀之。　㉕皇帝行宫：此指乾隆祭祀泰山之神时住的宫室。　㉖显庆：唐高宗年号。　㉗石罅（xià）：石缝。

## 【品评】

　　模山范水之文，历代多有，但在不同的时代，特点不同。姚鼐这篇《登泰山记》的特点，除了桐城义法的一般特点之外，还体现了姚鼐个人的一种主张，即义理、考证、文章三者并重。

　　文章开始叙述汶水、济水的流向，便不同于一般的山水游记。看似寻常记叙文字，而实为姚鼐"以考证助文"的笔墨。姚鼐另有一篇《泰山道里记序》，可与此文参证，其中有云："余尝病天下地志谬误，非特妄引古记，至纪今时山川道里远近方向，率与实舛，令人愤叹。设每邑有笃学好古能游览者各考纪其地土之实，据以参相校订，则天下地志何患不善？余尝以是语告人。嘉定钱辛楣学士、上元严东有侍读因为余言：泰安聂君《泰山道里记》最善。心识其语。比有岱宗之游，过访聂君山居，乃索其书读之，其考订古今，皆详核可喜。学士、侍读之言不妄也。"由此看来，姚鼐这篇《登泰山记》，其考订山水，可能是参考了《泰山道里记》的。

　　六朝山水，传神写照；唐人山水，多寓骚情；宋人山水，多生议论；元人山水，乃多记道里。明人山水，又转向六朝，近于小品。清人重考据，尚征实，一些考证学者并不模山范水；姚鼐作为古文家，乃有义理、考证、文章三者并重之说，这是同时代的风气颇有关系的。

　　但姚鼐究竟是古文家，他写山水，虽有意征实，却非拘泥于地理考证。对于泰山形貌，亦能传神写照。如写"晚日照城郭"，写"坐日观亭待日出"，都写得穷形尽状，历历如见。至于文章"布置取舍"之精严，遣词造句之"雅洁"，自是桐城义法之特色。

# 彭端淑

宇乐斋,丹棱(今属四川)人。生卒年不详。雍正十一年(1733)进士。曾任吏部郎中、顺天乡试同考官等职。后归四川,主讲锦江书院。《国朝先正事略》卷四十四称"其诗质实厚重,不为斲悦之习,文亦如之"。著有《白鹤堂诗文集》。

## 为学一首示子侄①

天下事有难易乎? 为之,则难者亦易矣;不为,则易者亦难矣。人之为学有难易乎? 学之,则难者亦易矣;不学,则易者亦难矣。吾资之昏,②不逮人也;③吾材之庸,不逮人也。旦旦而学之,久而不怠焉,迄乎成,而亦不知其昏与庸也。吾资之聪,④倍人也;吾材之敏,倍人也。屏弃而不用,其与昏与庸,无以异也。圣人之道,卒于鲁也传之。⑤然则昏、庸、聪、敏之用,岂有常哉?⑥

蜀之鄙,⑦有二僧,其一贫,其一富,贫者语于富者曰:"吾欲之南海,⑧何如?"富者曰:"子何恃而往?"曰:"吾一瓶一钵足矣。"⑨富者曰:"吾数年来欲买舟而下,犹未能也;子何恃而往?"越明年,⑩贫者自南海还,以告富者,富者有惭色。西蜀之去南海,不知几千里也,僧之富者不能至,而贫者至之。人之立志,顾不如蜀鄙之僧哉!

是故聪与敏，可恃而不可恃也；自恃其聪与敏而不学者，自败者也。昏与庸，可限而不可限也；不自限其昏与庸而力学不倦者，自力者也。⑪

**【注释】**

①本篇选自《国朝文录·白鹤堂文录》。 ②吾资之昏：与下文"吾材之庸"合解，即言自己天生昏庸。 ③不逮人：不如人。 ④吾资之聪：与下文"吾材之敏"合解，即言自己天生聪敏。 ⑤鲁：笨拙，笨拙之人，此特指孔子的弟子曾参。《论语·先进》："参也鲁。"据说孔子的学说是由曾参传授给子思，再由子思传给孟子的。 ⑥常：定规。 ⑦鄙：偏僻地区。⑧南海：此指浙江省定海县海中之普陀山，佛教胜地之一。⑨一瓶一钵：僧人周游乞食的用具。 ⑩越：到。 ⑪自力：此指有毅力。

**【品评】**

彭端淑生卒年不详，大约生当康熙后期，卒于乾隆前期，正当清朝盛世。其人仕不甚显，名不甚大，而为文则颇有盛世之音的特点。

这篇《为学一首示子侄》，作为传统的名篇，亦有一定的时代特征。在他的全部作品中，也有代表性。

文章阐述的道理相当简单，即：天下之事，不为则难，为则不难。人之为学，力学则易，不学则难。生而聪敏，未必可恃；生而昏庸，也未必无成。全靠自己努力不倦。篇名"为学"，以示子侄，实是历来教训子孙的"家训"一类文字。

这类文章，自从汉代以来，流传者不少。大多写得温厚平实，不为高论。谆谆教诲，是其特点。这篇文章，款款而谈，不重声色，虽蕴义不深，而平易近人。其中以蜀之二僧为喻，虽未必真有其事,却说得贴切近实。

标题"为学",而不讲学的内容,只讲学之不倦。这和前人如颜之推之"勉学"不同,也和前辈如顾炎武之论学不同。

# 汪　中 (1743—1794)

字容甫，江都(今江苏扬州)人。幼年丧父，生活孤苦，曾为店铺学徒。由自学而考取秀才，又举拔贡生。长期为幕僚。为人恃才傲物，被目为狂人。为学提倡墨子，称赞荀子，不喜宋儒理学，为文精于骈体。著有《述学》、《广陵通典》，近人编有《汪容甫文笺》。

## 经旧苑吊马守真文①

岁在单阏，②客居江宁城南，③出入经回光寺，④其左有废圃焉。寒流清泚，⑤秋菘满田，⑥室庐皆尽，唯古柏半生，风烟掩抑，⑦怪石数峰，支离草际，⑧明南苑妓马守真故居也。秦淮水逝，迹往名留，⑨其色艺风情，故老遗闻多能道者。余尝览其画迹，丛兰修竹，文弱不胜，秀气灵襟，⑩纷披楮墨之外，⑪未尝不爱赏其才，怅吾生之不及见也。

夫托身乐籍，⑫少长风尘，⑬人生实难，⑭岂可责之以死？⑮婉娈倚门之笑，⑯绸缪鼓瑟之娱，⑰谅非得已。在昔婕好悼伤，⑱文姬悲愤，⑲矧兹薄命，⑳抑又下焉？嗟夫！天生此才，在于女子，百年千里，㉒犹不可期，奈何钟美如斯，㉓而摧辱之至于斯极哉！㉔

余单家孤子，㉕寸田尺宅，㉖无以治生。老弱之命，㉗悬于十指。一从操翰，㉘数更府主。俯仰异趣，㉙哀乐由人。如黄祖之腹中，㉚在本初之弦上。静言身世，㉛与斯人其何异？只以荣期二乐，㉜幸而为男，差无床箦之辱耳。㉝江上之歌，㉞怜以同病；秋风鸣鸟，㉟闻者生哀。事有伤心，㊱不嫌非偶。乃为词曰：

嗟佳人之信嫮兮，㊲挺妍姿之绰约。㊳羌既被此冶容兮，㊴又工鞶与善谑。㊵攘皓腕以抒思兮，㊶乍含豪以绵邈。㊷寄幽怨于子墨兮，㊸想蕙心之盘薄。㊹

惟女生而从人兮，㊺固各安乎室家。㊻何斯人之高秀兮，乃荡堕于女闾。㊼奉君子之光仪兮，㊽誓偕老以没身；㊾何坐席之未温兮，㊿又改服而事人！顾七尺其不自由兮，(51)倏风荡而波沦。(52)纷啼笑其感人兮，(53)孰知其不出于余心？哆乐舞之婆娑兮，(54)固非微躯之可任。(55)

哀吾生之鄙贱兮，又何矜乎才艺也！(56)予夺其不可冯兮，(57)吾又安知夫天意也！人固有不偶兮，(58)将异世同其狼藉。(59)遇秋气之恻怆兮，(60)抚灵踪而太息。(61)谅时命其不可为兮，(62)独申哀而竟夕。(63)

**【注释】**

①本篇选自《述学·别录》。旧苑：指明代南京秦淮河畔一所官司妓的宅院，又称“旧院”。马守真：字元儿，小字月娇，号湘兰。明万历年间名妓。性豪侠，能诗，善画兰竹。本篇系哀吊之文，徐师曾《文体明辨·序说》：“按吊文者，吊死之辞也。……后人追而慰之，并名为吊。”此文盖“追而慰之”。②岁在单阏：即太岁在卯，时为乾隆四十八年(1783)癸卯。单阏(chán yè)：即卯年之别称。　③客居江宁：本年三月，汪中曾寓居南京。江宁：今南京市。　④回光寺：原为萧帝寺。⑤清泚(cǐ)：形容流水清澈明净。　⑥菘(sōng)：菜名。质厚

而青者为青菜,薄者为白菜。 ⑦风烟掩抑:指笼罩在风烟之中。 ⑧支离草际:指残存于杂草之中。 ⑨迹往名留:言事迹已成过去,但名声依然存在。 ⑩秀风:指才气。灵襟:指心灵。 ⑪纷披:散布。楮墨:纸墨。楮,木名,皮可造纸,遂为纸之代称。 ⑫乐籍:即乐户。古时妓女,单编户籍。 ⑬风尘:此指下层社会,妓女生活环境。 ⑭人生实难:语见《左传·成公二年》。 ⑮岂可责之以死:意谓不应要求马守真守节而死。 ⑯婉娈:形容柔媚之态。倚门:指妓女生活。《史记·货殖列传》:"刺绣文不如倚市门。" ⑰绸缪:形容情意缠绵。鼓瑟之娱:指以音乐娱悦客人。 ⑱婕好:此指班婕好,汉成帝宫人,善诗歌。后为赵飞燕所谮,作赋自伤。 ⑲文姬:指蔡文姬,汉末蔡邕女,名琰。有才学,解音律,兴平年间,为胡兵所俘,居留南匈奴十二年。后为曹操赎回,重嫁董祀,因感伤离乱,作有《悲愤诗》。 ⑳矧(shěn):况且。 ㉑抑又下焉:以上四句是说,像班婕好、蔡文姬那样的女子都曾身遭不幸,何况马守真这个薄命女子比她们更不幸呢! ㉒"百年千里"二句:言百年难遇,千里难逢。 ㉓钟美:聚集美才。 ㉔摧辱:摧残凌辱。 ㉕单家:寒门。孤子:年少无父者。 ㉖寸田尺宅:形容资产之少。苏轼《游罗浮山一首示儿子过》云:"寸田尺宅今谁耕。" ㉗"老弱之命"二句:言母子的生活只靠双手劳作。 ㉘"一从操翰"二句:言自从秉笔为文,经过几个幕府。作者曾做幕僚。 ㉙"俯仰异趣"二句:言自己举止与人不同,哀乐不由自主。 ㉚"如黄祖之腹中"二句:汉末祢衡为江夏太守黄祖作书记,黄祖颇满意,曾对祢衡说:"处士,此正得祖意,如祖腹中之所欲言也。"又陈琳《为袁绍(字本初)檄豫州》,言曹操失德,不堪依附。后袁绍败,陈琳归曹操,曹操指责陈琳,陈琳谢罪说:"矢在弦上,不可不发。"这两句是说,自己作为幕僚,就如祢衡和陈琳,写作都不由己。 ㉛"静言身世"二句:细思自己的遭遇,和祢衡、陈琳有何不同? ㉜"只以荣期二乐"二句:荣期,一作荣启期，春秋时人。他曾认为生而为人，而且为男，又得长寿，是三件乐事（见《列子·天瑞》）。这两句是说，自己生而为人，又是男性，已有荣期所说的“二乐”了。　㉝差无：幸而没有。床箦（zé）：即床席。床箦之辱，指女子（此处特指妓女）受人凌辱。㉞“江上之歌”二句：此指伍子胥引述的河上之歌。《吴越春秋·阖闾内传》载：“子不闻河上之歌乎？同病相怜，同忧相救。”　㉟“秋风鸣鸟”二句：此言人处困境，则听到秋风鸣鸟，感到悲哀。桓谭《新论·琴道》：“但闻飞鸟之号，秋风鸣条，则伤心矣。”或即句意所本。　㊱“事有伤心”二句：意谓马守真和自己的身世虽不同，但使人伤心是一样的。　㊲信嫮（hù）：诚然美好。　㊳挺：挺拔，特出。绰约：形容柔美。　㊴羌：发语词。被：被服，具有。冶容：娇艳之容。　㊵工颦：巧于皱眉。《庄子·天运》：“西子（西施）病心而颦其里。”　㊶攘：伸出。皓：白。抒思：抒发情思。　㊷含豪（同毫）：用口含笔。绵邈：悠远。陆机《文赋》：“或含毫而邈然。”　㊸子墨：此处指墨。㊹蕙心：美好之心。鲍照《芜城赋》：“蕙心纨质。”蕙：香草，比喻香美。盘薄：也作般礴。谓箕坐。此指豪侠随便。　㊺从人：指古时女子在家从父，既嫁从夫，夫死从子。　㊻安乎室家：指安处于夫家。　㊼女闾：此指妓女所居。　㊽奉君子：此指侍奉丈夫。光仪：仪容。　㊾没身：终身。以上两句是说，作为女子，本该侍奉丈夫，直到老死。　㊿“何坐席之未温兮”二句：谓不能从一而终。　(51)七尺：指人之一身。　(52)倏：忽然。风荡而波沦：指沦落为妓女。　(53)“纷啼笑其感人兮”二句：言虽啼笑动人，却非出自本心。　(54)哆（chǐ）：张口，此指歌唱。婆娑：舞蹈之状。　(55)微躯：指弱体。任：堪。　(56)矜：自夸。　(57)予夺：给予和剥夺。冯：同“凭”。　(58)不偶：不遇。　(59)异世：不同时代。狼藉：此指遭遇困难。　(60)恻怆：悲伤。　(61)灵踪：此指马守真的遗迹。　(62)时命：即命运。　(63)申哀：抒发哀思。竟夕：整夜。

## 【品评】

汪中这个作者在清代是很有特征的。他生当乾隆盛世,而为文却不像方苞等桐城派古文家那样"阐道翼教",为学也不像某些朴学家那样专注于经学和小学;所为文章,愤世嫉俗,在中国文学史上,似有汉代的冯衍、梁时的刘峻等人的传统。其身世孤苦之悲,怀才不遇之叹,虽与冯衍、刘峻等人生不同,而凄苦之情,颇为相似。

这篇《经旧苑吊马守真文》,其体制虽不同于冯衍的《显志赋》,也不同于刘峻的《辨命论》,却同样是自伤身世的文章。

文章本是悼念马守真的。作者对于马守真的"色艺风情"、"秀气灵襟",十分赞赏;对于她"托身乐籍,少长风尘"、"钟美如斯"而遭受"摧辱",也十分痛惜。但这赞赏和痛惜,不是出于怜悯,而是有所悲愤。

作者这种悲愤之情,是和他自己的处境很有关系的。作为"单家孤子"而从事幕僚生涯,"一从操翰,数更府主。俯仰异趣,哀乐由人"。这样的身世,与马守真的妓女生涯颇为相似。"静言身世,与斯人其何异?"这是作者深有感受的痛切之言。

这是一篇骈体之文。正当桐城派古文开始盛行之日,作者独为骈体,也有故操异曲、不同流俗的趣向。而行文之感情深挚、笔墨淋漓,亦与某些时文"四六"之陈词滥调不同。

# 张惠言（1761—1802）

字皋文，武进（今江苏常州）人。嘉庆四年（1799）进士，改庶吉士，授翰林院编修。以古文和词著称。文章为"阳湖派"的开创者之一，词亦"常州词派"的主要作者，于经学亦有造诣。著作有《茗柯文编》、《茗柯词》等。

## 送恽子居序①

余少时尝服马少游言：②"求为乡里善人以没吾世。"年二十七，来京师，与子居交，观其议论、文章，礲切道德，③乃始奋发自壮，知读书、求成身及物之要。④八年之间，共踬于举场，⑤更历困苦，出俯仰尘俗，⑥入则相对以悲。已，⑦相顾自喜益甚。凡余之友，未有如子居之深相知者。《诗》曰："无言不仇。"⑧子居之益余多矣。于其选而为令，⑨余可以无言？

始子居之语余也，曰："当事事为第一流。"余愧其言，⑩然未尝忘也。凡余之学，尝求其上矣，⑪自以为不足，则姑就其次，故往往无成焉。夫为令之道，六经、孔、孟之所述，子居向时之所道者，皆其上者也，以子居为之，其不可以至耶？曰："吾不为彼之所为者而已。"岂子居向时之所道耶？⑫君子出其言，则思实其行；思其行，则务固其志。固志莫如持情，实行莫如取善。是乃子居之所以益余者也，子居勉之矣！

**【注释】**

①本篇选自《茗柯文编·初编》。送序之文,唐人所擅,叙事、议论、抒情,兼而有之。恽子居:即恽敬(1757—1817),子居其字。阳湖(今江苏常州)人。乾隆四十八年(1783)举人,为京师教习。后历任新喻、瑞金知县。以廉洁称,被诬劾免。为古文,与张惠言同为阳湖派创始者。    ②马少游:东汉马援从弟,曾谓援曰:"士生一世,但取衣食裁足,乘下泽车,御款段马,乡里称善人,斯可矣。"    ③礴:同磨。    ④成身及物:指修己济世。及物,即"辅时及物"。    ⑤踬于举场:科举受挫。    ⑥出俯仰尘俗:疑"出"下脱"则"字。此句言出则应酬世俗。    ⑦已:随后。    ⑧无言不仇:《诗经·大雅·抑》:"无言不仇,无德不报。"仇,义与"报"同。    ⑨选而为令:被铨选为县令。    ⑩余愧其言:谓自己做不到。    ⑪其上:指"第一流"。    ⑫向时之所道:指"当事事为第一流"。

**【品评】**

张惠言有一篇《文稿自序》,自述学文经过,说:"余少时为时文,穷日夜力,屏他务,为之十余年,乃往往知其利病。其后好《文选》辞赋,为之又如时文者三四年。"这是说,少时曾学时文(八股),后来又学辞赋,都曾很下工夫。又说:"余友王悔生,见余《黄山赋》而善之,劝余为古文,语余以所受其师刘海峰(大櫆)者。为之一二年,稍稍得规矩。"这是说,在力学时文、辞赋之后,才学古文,而且间接得到了刘大櫆的传授。所以世人称他是刘大櫆的再传弟子。由此可以看出,张惠言的文章蹊径是和当代的桐城派作者有所不同的。

再有,张惠言还认为,古之为文者,从荀卿、贾谊,到三苏、王安石,无不言"道",而"道"之源在于六经。于是他"乃退而考之于经"。在《书刘海峰文集后》一文中,他认为刘大櫆之文所以不逮方苞者,也是因为"治经"之功不深之故。因此他又曾研究《易经》和《仪礼》。这样一来,他的文章就和纯以古文名家者不同。所以阮元在《茗柯文编序》中说他"以经术为古文",称其文"不遁于虚无,不溺于华藻,不伤于支离"。

但张惠言毕竟又是词人,虽"不溺于词藻",却非不重词藻。这篇《送恽子居序》,叙事之委曲,出语之省净,较之唐宋诸家的送序之文,风神气度是不低的。

# 龚自珍(1792—1841)

字璱人,号定盦,仁和(今浙江杭州)人。早年屡试不第,三十八岁始中进士。曾任内阁中书、礼部主事等职。学兼经、史,"文辞僻诡"(梁启超语),诗文对近代影响甚大。晚岁辞官讲学,道光二十一年(1841)暴卒于江苏丹阳书院。著作今有新校本《龚自珍全集》。

## 病梅馆记①

江宁之龙蟠,②苏州之邓尉,③杭州之西溪,④皆产梅。或曰:梅以曲为美,直则无姿;以欹为美,⑤正则无景;⑥梅以疏为美,密则无态。固也。此文人画士,心知其意,未可明诏大号,⑦以绳天下之梅也;⑧又不可以使天下之民,斫直、删密、锄正,以夭梅、病梅为业以求钱也。⑨梅之欹、之疏、之曲,又非蠢蠢求钱之民,能以其智力为也。有以文人画士孤癖之隐,⑩明告鬻梅者,斫其正,养其旁条,删其密,夭其稚枝,锄其直,遏其生气,以求重价,而江、浙之梅皆病。文人画士之祸之烈至此哉!

予购三百盆,皆病者,无一完者。既泣之三日,乃誓疗之。纵之,顺之,毁其盆,悉埋于地,解其棕缚,⑪以五年为期,必复之全之。予本非文人画士,甘受诟厉。⑫辟病梅之馆以贮之。呜呼!安得使予多暇日,又多闲田,以广贮江宁、杭州、苏州之病梅,穷予生之光阴以疗梅也哉?

**【注释】**

①本篇选自《定盦文集》卷三。篇名又题《疗梅说》,写于辞官南归以后。 ②江宁:南京市。龙蟠:即今南京市清凉山下之龙蟠里。 ③邓尉:山名,在今苏州市西南。 ④西溪:地名,在今杭州市灵隐山西北。 ⑤欹(qī):倾斜。 ⑥景:同"影"。 ⑦明诏大号:公开号召。 ⑧绳:绳墨,木匠用以取直的墨线,引申为衡量。 ⑨殀:义同"夭",此谓使之夭折。 ⑩隐:此指不能明言之隐私。 ⑪棕:此指用于捆束的棕绳。 ⑫诟厉:辱骂。

**【品评】**

本篇名为"馆记",实与历来的馆阁楼台之记写法不同。篇名又题《疗梅说》,则属于杂说一类,而且颇带寓言性质。

作者生当历史巨大变革的时代,对于现实十分不满,对于朝廷压抑人才,尤多愤慨。他在《己亥杂诗》中曾有"九州生气恃风雷,万马齐喑究可哀。我劝天公重抖擞,不拘一格降人才"的名言,他曾将社会变革的希望寄托于人才之发挥作用。表现于诗中的这一愿望是十分强烈的。

诗人希望"不拘一格降人才",但在事实上,在当时专制王朝统治下,人才却只能拘于"一格"。特别是宋元以来的理学桎梏,明清两代的"八股"束缚,人才之不得正常成长,正如梅之遭受斫、夭、锄、遏。作者对于这样的现实不胜其愤,于是辟为病梅之馆,贮天下之梅而疗之。"纵之,顺之,毁其盆,悉埋于地,解其棕缚,以五年为期,必复之全之。"梅之能够得到解放,得以健康地成长,也就是人才之得到解放,得以健康地成长。作者的寓意,是显而易见的。

当然,这只是作者天真的幻想。从历史上看,文人学者,多半怀才不遇。历代统治者之用人,大抵拘于"一格"。从汉武帝之"罢黜百家",到王安石之"经义取士",以及明清之规定"八股",无不如此。

　　作者欲以一人之力疗尽天下之梅,这当然更是诗人的奇想。然而,正是这样的文章,反映了时代的声音,代表着一代启蒙思想的倾向。

# 己亥六月重过扬州记①

　　居礼曹,②客有过者曰:"卿知今日之扬州乎?读鲍照《芜城赋》,③则遇之矣。"余悲其言。明年,乞假南游,抵扬州。属有告籴谋,④舍舟而馆。⑤

　　既宿,循馆之东墙,步游得小桥,俯溪,溪声谨。⑥过桥,遇女墙啮可登者,⑦登之。扬州三十里,首尾曲折高下见。⑧晓雨沐屋,⑨瓦鳞鳞然,无零甓断甍,⑩心已疑礼曹过客言不实矣。

　　入市,求熟肉,市声谨。得肉,馆人以酒一瓶、虾一筐馈。醉而歌,歌宋元长短言乐府,⑪俯窗呜呜,惊对岸女夜起,乃止。

　　客有请吊蜀冈者,⑫舟甚捷,帘幕皆文绣,⑬疑舟窗蠡殻也。⑭审视,⑮玻璃,五色具。舟人时时指两岸曰:某园故址也,某家酒肆故址也,约八九处,其实独倚虹园圮无存。⑯曩所信宿之西园,⑰门在,题榜在,尚可识。其可登临者,尚八九处。阜有桂,⑱水有芙渠菱芡。⑲是居扬州城外西北隅,⑳最高秀。南览江,北览淮,江淮数十州县治,㉑无如此治华也。㉒忆京师言,知有极不然者。

　　归馆,郡之士皆知余至,则大谨。㉓有以经义请质难者，有发史事见问者，有就询京师近事者，有呈所业若文、若诗、若笔、若长短言、若杂著、若丛书，乞为序、为题辞者，有状其先世事行乞为铭者，[24]有求书册子、书扇者，填委塞户牖，[25]居然嘉庆中故态！[26]谁得曰今非承平时邪？[27]惟窗外船过，夜无笙琶声；即有之，声不能彻旦。[28]然而女子有以栀子华发为贽求书者，[29]爰以书画环瑱互通问。[30]凡三人，凄馨哀艳之气，缭绕于桥亭舰舫间，虽淡定，[31]是夕魂摇摇不自持。

余既信信，[32]孥流风，[33]捕余韵，乌睹所谓风号雨啸、鼯狖悲、鬼神泣者？[34]嘉庆末，尝于此和友人宋翔凤侧艳诗。[35]闻宋君病，存亡弗可知，又问其所谓赋诗者，[36]不可见，引为恨。

卧而思之，余齿垂五十矣，[37]今昔之慨，自然之运，古之美人名士富贵寿考者，几人哉！此岂关扬州之盛衰、而独置感慨于江介也哉？[38]抑予赋侧艳则老矣，甄综人物，[39]搜辑文献，仍以自任，固未老也。天地有四时，莫病于酷暑，而莫善于初秋，澄汰其繁缛淫蒸，[40]而与之为萧疏淡荡，泠然瑟然，[41]而不遽使人有苍莽寥泬之悲者，[42]初秋也。今扬州，其初秋也欤？予之身世，虽乞籴，自信不遽死，其尚犹丁初秋也欤？[43]作己亥六月重过扬州记。

**【注释】**

①本篇选自《定盦文集》卷三。己亥：道光十九年(1839)，作者本来在京师任礼部主客司主事，因这类京官“俸入本薄”，而作者性豪好客，生活困窘；又因才高而“动触时忌”，乃借口亲老而乞归养，路经扬州。 ②礼曹：礼部诸司，此指礼部主客司。 ③鲍照《芜城赋》：鲍照，南朝宋人，其《芜城赋》极写广陵

故城荒芜之景。　④告籴谋：向人借粮的打算。　⑤馆：此谓投宿客馆。　⑥讙（huān）：喧哗。　⑦女墙：城上垛口。啮（niè）：咬破，此指缺口。　⑧见：同"现"。　⑨沐：此指淋洗。⑩甃（zhòu）：砖。甓：砖瓦之类。　⑪乐府：汉代朝廷的音乐官署，主要采集民歌乐曲。后世把这类民歌或文人模拟之作也称作乐府。　⑫吊：凭吊。蜀冈：在扬州西北四里，冈长四十余里。即《芜城赋》所言之"昆冈"。　⑬文绣：指锦绣。　⑭蠹毂（què）：蚌壳。　⑮审视：细看。　⑯倚虹园：元崔伯亨花园。后归别姓。圮：倒塌。　⑰信宿：再宿。西园：在蜀冈法净寺西。　⑱阜：土丘。　⑲芙蕖：荷花。芡：芡实，俗名鸡头。⑳是：此，指西园。　㉑州县治：州城、县城。　㉒此治：指扬州城。　㉓讙：此同欢。　㉔状：行状，此为动词，即写成"行状"。先世：先人，前辈。事行：生平事迹。乞为铭：请作碑铭。㉕填委：拥挤。户牖：门窗。　㉖嘉庆中故态：此指嘉庆末年作者与友人宋翔凤在扬州所见的世态。　㉗承平时：太平年月。㉘彻旦：直到天明。　㉙栀子：栀子花。华发：盖指"华鬘"，一种用栀子花做的发饰。贽：见面礼品。　㉚爰：于是，乃。环瑱（tiàn）：指环、耳坠。　㉛淡定：淡泊自守，清心寡欲。　㉜信信：住了四宿。　㉝挐：同拿，又有牵引的意思。"挐流风"连下句"捕余韵"，即捕捉流风余韵，也即是说仍然享受风流韵事。㉞风号雨啸：语出《芜城赋》。鼯狖（yòu）悲、鬼神泣：亦概括《芜城赋》语意。都是写荒凉景象。　㉟宋翔凤：长洲（今江苏吴县）人，经学家。侧艳诗：此指歌咏爱情之诗。　㊱其所谓赋诗者：指诗中所赋之人。㊲齿：此指年岁。垂：近于。　㊳江介：江边，此指扬州。㊴甄综：甄别综核。　㊵澄汰：即淘汰。淫蒸：指潮热之气。　㊶泠然：形容清凉。瑟然：形容萧瑟。㊷苍莽：苍茫空旷。寥沴（xuè）：空虚萧瑟。　㊸丁：当，值。

## 【品评】

　　龚自珍生当鸦片战争前夕,社会危机已深,当时世风、士风、文风,都在开始变化,他对于历史、现实,亦多所思考。他认为国家已经进入衰世,而有些现象却仍似处于升平。其《乙丙之际著议第九》云:"衰世者,文类治世,名类治世,声音笑貌类治世。……然而起视其世,乱亦竟不远矣。……履霜之屩,寒于坚冰;未雨之鸟,戚于漂摇;痹痿之疾,殆于痈疽;将萎之华,惨于槁木。"这就是说,衰世的种种世态,表面上与治世无大异同;而实质上与乱世的距离已经不远。有眼光的人对于这样的衰世是很担忧的,正如《易经》上说的:一经"履霜",人便预感"坚冰"将至;也如《诗经》上说的:"风雨"将来,鸟亦先有"飘摇"之感;"痹痿"这种慢性难症,比"痈疽"这类急性恶疮还要危险;将要枯萎之花,比槁枯之木还要惨淡。

　　这篇《己亥六月重过扬州记》,写自己重过扬州,有所感受,面对现实,追忆往事,缅想未来,形诸笔墨。这样的文章,既不同于游记,也不同于风土记,实际上也是一篇感叹乱世将至的预言性的文字。

　　文章开始托为过客之言,说"今日之扬州",已经和鲍照《芜城赋》中所描写的一模一样了。就是说,扬州已由盛而衰。但作者重过扬州,却又发现有些社会状况,与当年相比,并无变化,仍然是一派承平景象。例如郡中人士听说作者来到此地,便纷纷前来拜访,乞作序,乞题词,求书册子,求书扇子,如此等等;且有女子以栀子华发为贽求书者。像这样的"流风"、"余韵","居然嘉庆中故态! 谁得曰今非承平时邪?"世风士风如此,真似没有变化。但事实上,变化是潜在的。至少已经不是"盛夏"之时,而是"初秋"天气,距离衰飒之秋已经不远了。古人说:"一叶知秋",那么,扬州一地已近衰世,则全国之盛衰,亦可概见了。写到这里,为文主旨,不言而喻。

# 曾国藩 (1811—1872)

字伯涵,号涤生,湘乡(今属湖南)人。道光进士。改庶吉士,授检讨,累官礼部侍郎。咸丰初年,丁忧家居。会太平军兴,奉旨在籍督练湘军,发布《讨粤匪檄》。因镇压太平军功,封一等勇毅侯。以大学士任两江总督、直隶总督等职,卒谥文正。为文师法姚鼐,亦桐城派的重要作者。著作今有《曾国藩全集》。

## 原 才①

风俗之厚薄奚自乎?自乎一二人之心所向而已。民之生,庸弱者,戢戢皆是也。②有一二贤且智者,则众人君之而受命焉;③尤智者,所君尤众焉。此一二人者之心向义,则众人与之赴义;一二人者之心向利,则众人与之赴利。众人所趋,势之所归,虽有大力,莫之敢逆。故曰:"挠万物者莫疾乎风。"④风俗之于人之心,始乎微,而终乎不可御者也。

先王之治天下,使贤者皆当路在势,其风民也皆以义,故道一而俗同。世教既衰,所谓一二人者,不尽在位,彼其心之所向,势不能不腾为口说,⑤而播为声气。而众人者,势不能不听命,而蒸为习尚。于是乎徒党蔚起,而一时之人才出焉。有以仁义倡者,其徒党亦死仁义而不顾;有以功利倡者,其徒党亦死功利而不返。"水流湿，⑥火就燥。"无感不雠，⑦所从来久矣。今之君子之在势者，辄曰："天下无才。"彼自尸于高明之地，⑧不克以己之所向，转移习俗，而陶铸一世之人；而翻谢曰：⑨"无才。"谓之不诬，可乎？否也。十室之邑，⑩有好义之士，其智足以移十人者，必能拔十人中之尤者而材之。其智足以移百人者，必能拔百人中之尤者而材之。然则转移习俗而陶铸一世之人，非特处高明之地者然也；凡一命以上，⑪皆与有责焉者也。

有国家者，得吾说而存之，则将慎择与共天位之人；⑫士大夫得吾说而存之，则将惴惴乎谨其心之所向，恐一不当，而坏风俗，而贼人才。⑬循是为之，数十年之后，万有一收其效者乎！非所逆睹已。⑭

【注释】

①本篇选自《曾国藩全集·诗文卷》。原：推其本原。韩愈始有《原道》、《原毁》等作，后人亦多取法。　②戢戢(jí)：聚集、众多之状。　③君：此为尊崇的意思。　④挠万物者莫疾乎风：语出《易经·说卦》。挠，摇动。　⑤腾：传播。　⑥"水流湿"二句：语出《易经·乾文言》。　⑦雠：应验。　⑧尸：主事，在位。高明：此指显贵。　⑨翻：反。谢：告。　⑩十室之邑：语见《论语·公冶长》，言邑之小者。　⑪一命以上：周制：任官自一命以至九命。一命为最低者。　⑫天位：天子之位。⑬贼：害。　⑭逆睹：预料。

【品评】

《原才》是曾国藩文章为世传诵的名篇，其中阐述陶铸人才以移风俗的论点，是他一贯的思想。他在咸丰九年九月二十四日的日记中曾说："是日，与李甲夫言人才以陶冶而成，不可眼孔太高,动谓无人可用。"又说:"是夜,思孔子所谓'性相近,习相远'、'上智下愚不移'者,凡事皆然。即以围棋论,生而为国手者,上智也;屡学而不知局道、不辨死活者,下愚也。此外,则皆相近之姿,视乎教者何如。教者高,则习之而高矣;教者低,则习之而低矣。"下面又以"作字"、"作文"、"打仗"为例,说明一切"皆视乎在上者一人之短长,而众人之习随之为转移"(《曾国藩全集·日记一》)。这些见解与本篇的论点基本一致。

这篇文章说,天之生人,多数都是"庸弱"之辈。庸众之赴义赴利,全靠贤智之士的引导。贤智之士导向哪里,一般庸众就走向哪里。因此,治理国家,就要使这一二贤智之士"当路在势",以居高临下,陶铸人才,转移风俗;而不可动辄就说:"天下无才。"即日记中说的"动谓无人可用"。

作者认为,陶铸人才,转移风俗,是治国之本。因此,他很希望"有国家者"能够采纳其说而选择辅相,士大夫也应在陶铸人才、转移风俗方面作出榜样。

这是一篇为大清王朝挽救颓势而出谋献策的文章。作者在剿灭太平军方面曾经不遗余力,此文又从陶铸人才方面煞费苦心。但是,一代王朝之风衰俗败,已非一朝一夕,不是这"一二人者"所能为力的。

当然,文章立论是相当严密的。"端绪不繁","陈义不杂",没有"僻字涩句",恰好体现作者对于行文所立的"禁约"(见《复陈右铭太守书》),也和桐城派的"义法"大体一致。

# 薛福成（1838—1894）

　　字叔耘，号庸庵，无锡（今属江苏）人。光绪年间曾充曾国藩幕僚，又曾助李鸿章办外交。其后又以左副都御史出使英、法、比、意四国。主张变法图强，为洋务派中具有改良思想的人物。为桐城派的后继作者，讲求经世致用，不尽守桐城"义法"。著有《庸庵全集》。

## 观巴黎油画记①

　　余游巴黎蜡人馆。见所制蜡人，悉仿生人，形体态度，发肤颜色，长短丰瘠，无不毕肖。自王公卿相，以至工艺杂流，凡有名者，往往留像于馆：或立，或卧，或坐，或俯，或笑，或哭，或饮，或博，骤视之，无不惊为生人者。余呕叹其技之奇妙。

　　译者称西人绝技，尤莫逾油画，盍往油画院，一观普法交战图乎？②

　　其法：为一大圆室，以巨幅悬之四壁，由屋顶放光明入室。人在室中，极目四望，则见城堡冈峦，溪涧树林，森然布列。两军人马杂遝：③驰者，伏者，奔者，追者，开枪者，燃炮者，搴大旗者，④挽炮车者，络绎相属。⑤每一巨弹堕地，则火光迸裂，烟焰迷漫；其被轰击者，则断壁危楼，或黔其庐，⑥或赭其垣。⑦而军士之折臂断足，血流殷地，⑧偃仰僵仆者，令人目不忍睹。仰视天，则明月斜挂,云霞掩映;俯视地,则绿草如茵,川原无际。几自疑身外即战场,而忘其在一室之中者。迨以手扪之,始知其为壁也、画也,皆幻也。

余闻法人好胜,何以自绘败状,令人丧气若此?译者曰:"所以昭炯戒,<sup>⑨</sup>激众愤,图报复也。"则其意深长矣!

**【注释】**

①本篇选自《庸庵全集》第三种《庸庵文外编》卷四。写于光绪十六年(1890)。 ②普法交战:1870 年普鲁士与法国交战,法国战败,拿破仑第三宣布投降。 ③杂遝(tà):杂乱众多。 ④搴(qiān):拔举。 ⑤络绎相属:连在一起。 ⑥黔:此作熏黑解。 ⑦赭(zhě):此作熏作亦褐解。 ⑧殷:此作染作亦黑解。 ⑨昭炯戒:明示鉴戒。

**【品评】**

薛福成是桐城派后期的作者。此人一生,主要从事政治活动,但在学术方面亦有成就。他的文章,和同代的黎庶昌、吴汝纶等并称,三人都是桐城派后期的重要人物。

但因薛福成生活的年代,已是清朝的末世,对于社会现实,颇多忧患之感;又因他曾经出使外国,所见所闻,也比较广阔。其思想见解自与桐城派的前辈作者有所不同。在行文方面,也就不尽拘守桐城"义法"。在他的文集里,颇有一些纵横恣肆的文章。有些长篇大论,很有气势。这篇《观巴黎油画记》,尚属记事之文,旨在纪实,不甚驰骋,刻画描写,尚有桐城一派力求雅洁的特点。因此,虽写欧西新的事物,并不杂用外国名称,不同于此后梁启超的"新文体"。桐城文派的传统仍可概见。

但尽管如此,所写之景,仍然再现了欧人油画的特征。这在当时的古文领域,可谓别开生面。

# 章炳麟(1868—1936)

又名绛,字枚叔,号太炎。余杭(今属浙江)人。早年因参加维新运动,被通缉,流亡日本。其后在上海与蔡元培组织"爱国学社",又参加"光复会"。在上海被捕入狱。出狱后,再渡日本,参加"同盟会",主持《民报》。此后又曾参加讨袁世凯,被禁锢。晚年脱离革命,退而讲学。著作有《章氏丛书》三编。

## 革命军序①

蜀邹容为《革命军》方二万言,②示余曰:"欲以立懦夫,③定民志,故辞多恣肆,无所回避;然得无恶其不文耶?"余曰:"凡事之败,在有其唱者而莫与为和,其攻击者且千百辈,故仇敌之空言,足以堕吾实事。"

夫中国吞噬于逆胡二百六十年矣,④宰割之酷,诈暴之工,⑤人人所身受,当无不昌言革命。⑥然自乾隆以往,尚有吕留良、曾静、齐周华等持正义以振聋俗,⑦自尔遂寂泊无所闻。⑧吾观洪氏之举义师,⑨起而与为敌者,曾、李则柔煦小人,⑩左宗棠喜功名、乐战事,⑪徒欲为人策使,顾勿问其鼙非枉直,⑫斯固无足论者。乃如罗、彭、邵、刘之伦,⑬皆笃行有道士也,⑭其所操持,不洛、闽而金溪、余姚;⑮衡阳之《黄书》,⑯日在几阁,⑰孝弟之行,华戎之辨,仇国之痛,作乱犯上之戒,宜一切习闻之,卒其行事,乃相谬戾如彼:材者张其角牙以复宗国,[18]其次即以身家殉满洲;乐文采者则相与鼓吹之。[19]无他,悖德逆伦,并为一谈,牢不可破。故虽有衡阳之书,而视之若无见也。然则洪氏之败,不尽由计划失所,正以空言足与为难耳。

今者风俗臭味少变更矣,然其痛心疾首,恳恳必以逐满为职志者,[20]虑不数人。数人者,文墨议论,又往往务为蕴藉,[21]不欲以跳踉搏跃言之,[22]虽余亦不免是也。嗟乎!世皆嚚昧而不知话言,[23]主文讽切,[24]勿为动容;[25]不震以雷霆之声,其能化者几何?异时义师再举,[26]其必堕于众口之不俚,[27]既可知矣。今容为是书,一以叫眺恣言,[28]发其惭恚,[29]虽嚚昧若罗、彭诸子,诵之犹当流汗祇悔。[30]以是为义师先声,庶几民无异志,而材士亦知所返乎?[31]若夫屠沽负贩之徒,[32]利其径直易知,[33]而能恢发知识,则其所化远矣。藉非不文,[34]何以致是也?

抑吾闻之,同族相代,谓之革命;异族攘窃,谓之灭亡。改制同族,谓之革命;驱除异族,谓之光复。今中国既灭亡于逆胡,所当谋者,光复也,非革命云尔。容之署斯名,何哉?谅以其所规画,不仅驱除异族而已,虽政教、学术、礼俗、材性,[35]犹有当革者焉,故大言之曰"革命"也。

共和二千七百四十四年四月,[36]余杭章炳麟序。

**【注释】**

①本篇选自邹容《革命军》。此书光绪二十九年(1903)出版,全书七章,宣传革命是"天演之公例",揭露清政府的腐朽统治,号召建立"中华共和国"。 ②邹容(1885—1905):原名绍

陶,字蔚丹(又作威丹),四川巴县人。光绪二十八年留学日本,参加留日学生爱国运动。次年回上海,参加"爱国学社"。光绪二十九年,因发表《革命军》被捕入狱,三十一年,死于狱中。年仅二十一岁。 ③立懦夫:使懦夫振作起来。《孟子·万章下》:"懦夫有立志。" ④吞噬:即吞食,此指吞并。逆胡:此指清朝统治者。 ⑤诈暴:欺诈、残暴。 ⑥昌言:善言,美言,即称赞。 ⑦吕留良(1629—1683):字庄生,号晚村,清浙江石门(今嘉兴市)人。明亡不仕,曾被荐应博学鸿词科,不受,出家为僧。死后因曾静案,被毁墓戮尸,所著《晚村文集》亦被毁。曾静(1679—1735):清郴州(今湖南郴州市)人。曾受吕留良著作影响而著《知新录》,宣传抗清。雍正时,他又派弟子张熙劝川陕总督岳钟琪起兵,被岳告发。吕留良被戮尸,曾静、张熙二人暂时免死,而后被乾隆杀害。齐周华:字巨山,清浙江天台人。雍正时诸生。因保吕留良,被杀。聋俗:指愚昧的世人。 ⑧寂泊:沉寂。 ⑨洪氏:洪秀全。 ⑩曾:曾国藩,字伯涵,湖南湘乡人。曾任两江总督、直隶总督,曾积极镇压太平天国革命。李:李鸿章(1823—1901),字渐甫,合肥人。曾任直隶总督、北洋大臣等职。亦曾镇压太平天国革命。柔煦:此指对清政府温柔和顺。 ⑪左宗棠(1812—1885):字季高,湖南湘阴人。曾任总督、军机大臣等职,亦曾镇压太平天国革命。 ⑫题非枉直:是非曲直。 ⑬罗:罗泽南(1807—1856),号罗山,湖南省湘乡人,理学家,咸丰时,曾组织地主武装抗击太平军,被太平军击毙。彭:彭玉麟(1816—1890),字雪琴,衡阳人,曾随曾国藩镇压太平天国革命。邵:邵懿辰(1810—1861),字位西,浙江省仁和人,曾任刑部员外郎。讲理学,为古文,是曾国藩的亲信。太平军攻杭州时,他与巡抚王有龄固守,城破而死。刘:刘蓉(1816—1873),字孟容,号霞仙,湖南省湘乡人,也是曾国藩的亲信,随曾国藩镇压太平军,亦古文家。 ⑭笃行有道:谓以上诸人为"笃行有道",盖指其人多宗理学而言。 ⑮洛:指洛学,北宋时程颢、程颐兄弟为洛阳人,世称其学为洛学。闽:指朱熹之学。朱熹曾在福建的建阳讲学,故称其学为闽学。金溪:指陆九渊之学。陆为江西抚州金溪人。余姚:指王守仁的学说。王是浙江余姚人。 ⑯衡阳:指王夫之。王为湖南衡阳人,著有《黄书》。 ⑰几阁:小桌。 ⑱材者:指有才干的人。宗国:此指太平天国。 ⑲乐文采者:指写文章的人。鼓吹:此指鼓吹镇压太平天国之功绩。 ⑳恳恳:殷切。 ㉑蕴藉:含蓄,此谓不肯放开谈论。 ㉒跳踉搏跃:此指文字生动恣肆。 ㉓罶(yín)昧:即愚昧无知。 ㉔主文讽切:为文规讽。 ㉕勿为动容:不能使之感动。 ㉖异时:他日。 ㉗众口之不俚:群言之不通俗。 ㉘叫咷恣言:大声疾呼,放言无惮。 ㉙发其惭恚(huì):启发他们的羞忿之心。 ㉚祇悔:彻底悔悟。 ㉛材士:泛指有才能的志士。返:此指有所觉悟。 ㉜屠沽:卖肉、卖酒的人。负贩:挑担贩货者。 ㉝径直易知:浅显易懂。 ㉞藉非不文:假如不是通俗。 ㉟材性:品性,亦即"国民性"。 ㊱共和:周时周公、召公共同执政的年代,史称"共和"。始于公元前841年。共和二千七百四十四年四月,即1903年5月。

## 【品评】

章炳麟生于清末,曾经师事俞樾,对于乾、嘉以来的经学和小学,都有很深的造诣。他和同代的某些学者相似,对于盛行于当代的桐城派古文有所不满,故其为文,不法唐宋,而上追汉魏,遣词用字,力求古奥。此种文风,龚自珍已开其端,而章炳麟又更变本加厉。这是当时学者之文的一种趋势。

但章炳麟虽饱经清末学风的熏陶,而当辛亥革命前夕,又参加了资产阶级改良派的革命活动。"七被追捕,三入牢狱,而革命之志,终不屈挠。"此时写的文章,也就有所变化,曾经"所向披靡,令人神旺"。这里选的《革命军序》,就是其中之一。

这篇序言,和前人的某些集序写法不同。其中不讲著者的学行才性,也无全书的具体品评,而是大讲此书之"恣肆"、"不文","叫咷恣言",恰可使"屠沽负贩之徒,利其径直易知,而能恢发知识"。也即是说,正因为写得粗俗,才具有启发群众的作用。为了"昌言革命",这是非常必要的。

这篇文章是颇有战斗的锋芒的。但是,作者晚年成为退居于宁静的学者,"身衣学术的华衮,粹然成为儒宗",对于这类战斗的文章反而不自重视了。而在鲁迅看来,正是这类"战斗的文章,乃是先生一生中最大最久的业绩"。因为这样的文章,可以"使先生和后生相印,活在战斗者的心中"(以上引文均见鲁迅《且介亭杂文末编·关于太炎先生二三事》)。

# 梁启超(1873—1929)

字卓如,号任公,别号饮冰室主人。新会(今属广东)人。康有为的弟子。早年从事变法维新,戊戌政变后,流亡日本。主办《新民丛报》等,宣传改良,反对民主革命。为文"务为平易畅达","纵笔所至不检束",号称"新文体",著有《饮冰室合集》等。

## 少年中国说①

日本人之称我中国也,一则曰老大帝国,再则曰老大帝国。是语也,盖袭译欧西人之言也。呜呼!我中国其果老大矣乎?梁启超曰:恶,②是何言,是何言!吾心目中有一少年中国在。

欲言国之老少,请先言人之老少。

老年人常思既往,少年人常思将来。惟思既往也,故生留恋心;惟思将来也,故生希望心;惟留恋也,故保守;惟希望也,故进取。惟保守也,故永旧;惟进取也,故日新。惟思既往也,事事皆其所已经者,故惟知照例;惟思将来也,事事皆其所未经者,故常敢破格。老年人常多忧虑,少年人常好行乐。惟多忧也,故灰心;惟行乐也,故盛气。惟灰心也,故怯懦;惟盛气也,故豪壮。惟怯懦也,故苟且,惟豪壮也,故冒险。惟苟且也,故能灭世界;惟冒险也,故能造世界。老年人常厌事,少年人常喜事。惟厌事也,故常觉一切无可为者;惟好事也,故常觉一切事无不可为者。

老年人如夕照,少年人如朝阳。老年人如瘠牛,③少年人如乳虎。④老年人如僧,少年人如侠。老年人如字典,少年人如戏文。老年人如鸦片烟,少年人如泼兰地酒。⑤老年人如别行星之陨石,少年人如大洋海之珊瑚岛。老年人如埃及沙漠之金字塔,少年人如西伯利亚之铁路。老年人如秋后之柳,少年人如春前之草。老年人如死海之潴为泽,⑥少年人如长江之初发源。此老年与少年性格不同之大略也。梁启超曰:人固有之,国亦宜然。

梁启超曰:伤哉,老大也!浔阳江头琵琶妇,当明月绕船,枫叶瑟瑟,衾寒于铁,似梦非梦之时,追想洛阳尘中春花秋月之佳趣。⑦西宫南内,白发宫娥,一灯如穗,三五对坐,谈开元天宝间遗事,谱霓裳羽衣曲。⑧青门种瓜人,左对孺人,顾弄孺子,忆侯门似海、珠履杂遝之盛事。⑨拿破仑之流于厄蔑,⑩阿拉飞之幽于锡兰,⑪与三两监守吏或过访之好事者,道当年短刀匹马、驰骋中原、席卷欧洲、血战海楼,一声叱咤,万国震恐之丰功伟烈,初而拍案,⑫继而抚髀,⑬终而揽镜。⑭呜呼,面皴齿尽,白发盈把,颓然老矣!若是者,舍幽郁之外无心事,舍悲惨之外无天地,舍颓唐之外无日月,舍叹息之外无音声,舍待死之外无事业。美人豪杰且然,而况于寻常碌碌者耶?生平亲友,皆在墟墓,⑮起居饮食,待命于人。今日且过,遑知他日;今年且过,遑恤明年?普天下灰心短气之事,未有甚于老大者。于此人也,而欲望以掔云之手段,⑯回天之事功,⑰挟山超海之意气,⑱能乎不能?

呜呼，我中国其果老大矣乎？立乎今日以指畴昔，<sup>⑲</sup>唐虞三代，若何之郅治；<sup>⑳</sup>秦皇汉武，若何之雄杰；汉唐来之文学，若何之隆盛；康乾间之武功，<sup>㉑</sup>若何之烜赫。<sup>㉒</sup>历史家所铺叙，词章家所讴歌，何一非我国民少年时代、良辰美景赏心乐事之陈迹哉！<sup>㉓</sup>而今颓然老矣，昨日割五城，<sup>㉔</sup>明日割十城，处处雀鼠尽，夜夜鸡犬惊。十八省之土地财产，<sup>㉕</sup>已为人怀中之肉；四百兆之父兄子弟，<sup>㉖</sup>已为人注籍之奴耶？<sup>㉗</sup>岂所谓"老大嫁作商人妇"者耶？<sup>㉘</sup>呜呼，凭君莫话当年事，憔悴韶光不忍看！<sup>㉙</sup>楚囚相对，<sup>㉚</sup>岌岌顾影；<sup>㉛</sup>人命危浅，<sup>㉜</sup>朝不虑夕。国为待死之国，一国之民为待死之民。万事付之奈何，一切凭人作弄，亦何足怪！

梁启超曰：我中国其果老大矣乎？是今日全地球之一大问题也。如其老大也，则是中国为过去之国，即地球上昔本有此国而今渐渐灭，<sup>㉝</sup>他日之命运殆将尽也。如其非老大也，则是中国为未来之国，即地球上昔未现此，而今渐发达，他日之前程且方长也。欲断今日之中国为老大耶？为少年耶？则不可不先明国字之意义。夫国也者，何物也？有土地，有人民，以居于其土地之人民，而治其所居之土地之事，自制法律而自守之。有主权，有服从，人人皆主权者，人人皆服从者。夫如是，斯谓之完全成立之国。地球上之有完全成立之国也，自百年以来也。完全成立者，壮年之事也。未能完全成立而渐进于完全成立者，少年之事也。故吾得一言以断之曰：欧洲列邦在今日为壮年国，而我中国在今日为少年国。

夫古昔之中国者，虽有国之名，而未成国之形也。

或为家族之国,或为酋长之国,或为诸侯封建之国,或为一王专制之国。虽种类不一,要之,其于国家之体质也,有其一部而缺其一部。正如婴儿自胚胎以迄成童,其身体之一二官支,㉞先行长成,此外则全体虽粗具,然未能得用也。故其唐虞以前为胚胎时代,殷商之际为乳哺时代,由孔子而来至于今为童子时代。逐渐发达,而今乃始将入成童以上少年之界焉。其长成之所以若是之迟者,则历代之民贼有窒其生机者也。譬犹童年多病,转类老态;或且疑其死期之将至焉,而不知皆由未完全未成立也。非过去之谓,而未来之谓也。

且我中国畴昔岂尝有国家哉?不过有朝廷耳。我皇帝子孙,聚族而居,立于此地球之上者既数千年,而问其国之为何名,则无有也。夫所谓唐、虞、夏、商、周、秦、汉、魏、晋、宋、齐、梁、陈、隋、唐、宋、元、明、清者,则皆朝名耳。朝也者,一家之私产也;国也者,人民之公产也。朝有朝之老少,国有国之老少。朝与国既异物,则不能以朝之老少而指为国之老少明矣。文、武、成、康,㉟周朝之少年时代也。幽、厉、桓、赧,㊱则其老年时代也。高、文、景、武,㊲汉朝之少年时代也。元、平、桓、灵,㊳则其老年时代也。自余历朝,莫不有之。凡此者谓为一朝廷之老也则可,谓为一国之老也则不可。一朝廷之老且死,犹一人之老且死也。于吾所谓中国者何与焉?然则吾中国者,前此尚未出现于世界,而今乃始萌芽云尔。天地大矣,前途辽矣,美哉我少年中国乎!

玛志尼者,㊴意大利三杰之魁也,以国事被罪,逃窜异邦,乃创立一会,名曰"少年意大利"。举国志士,云涌雾集以应之。卒乃光复旧物,使意大利为欧洲之一雄邦。夫意大利者,欧洲第一之老大国也,自罗马亡后,土地隶于教皇,⑩政权归于奥国,殆所谓老而濒于死者矣;而得一玛志尼,且能举全国而少年之,况我中国之实为少年时代者耶?堂堂四百余州之国土,凛凛四百余兆之国民,岂遂无一玛志尼其人者!龚自珍氏之集有诗一章,题曰《能令公少年行》,⑪吾尝爱读之,而有味乎其用意之所存。我国民而自谓其国之老大也,斯果老大矣;我国民而自知其国之少年也,斯乃少年矣。西谚有之曰:"有三岁之翁,有百岁之童。"然则,国之老少,又无定形,而实随国民之心力以为消长者也。吾见乎玛志尼之能令国少年也,吾又见乎我国之官吏士民之能令国老大也,吾为此惧!

夫以如此壮丽浓郁翩翩绝世之少年中国,而使欧西日本人谓我老大者,何也?则以握国权者皆老朽之人也。非哦几十年八股,⑫非写几十年白折,⑬非当几十年差,非捱几十年俸,非递几十年手本,⑭非唱几十年喏,⑮非磕几十年头,非请几十年安,则必不能得一官,进一职。其内任卿贰以上、外任监司以上者,⑯百人之中,其五官不备者,殆九十六七人也。非眼盲,则耳聋;非手颤,则足跛;否则半身不遂也。彼其一身饮食步履视听言语,尚且不能自了,须三四人在左右扶之捉之,乃能度日,于此而乃欲责之以国事,是何异立无数木偶而使之治天下也!且彼辈者,自其少壮之时既已不知亚细、欧罗为何处地方,汉祖唐宗是那朝皇帝,犹嫌其顽钝腐败之未臻其极,又必搓磨之,陶冶之,待其脑髓已涸,血管已塞,气息奄奄,与鬼为邻之时,然后将我二万里江山,四万万人命,一举而畀于其手。⑰呜呼,老大帝国,诚哉其老大也！而彼辈者，积其数十年之八股、白折、当差、捱俸、手本、唱喏、磕头、请安，千辛万苦，乃始得此红顶花翎之服色，[48]中堂大人之名号，[49]乃出其全副精神，竭其毕生精力，以保持之。如彼乞儿拾金一锭，虽轰雷盘旋其顶上，而两手犹紧抱其荷包，他事非所顾也，非所知也，非所闻也。于此而告之以亡国也，瓜分也，彼乌从而听之，乌从而信之！即使果亡矣，果分矣，而吾今年既七十矣、八十矣，但求其一两年内，洋人不来，强盗不起，我已快活过了一世矣！若不得已，则割三头两省之土地，[50]奉申贺敬，[51]以换我几个衙门；卖三几百万之人民作仆作奴，以赎我一条老命，有何不可，有何难办？呜呼！今以所谓老后老臣老将老吏者，其修身齐家治国平天下之手段，皆具于是矣。西风一夜催人老，凋尽朱颜白尽头。使走无常当医生，[52]携催命符以祝寿，嗟乎痛哉！以此为国，是安得不老且死，且吾恐其未及岁而殇也！[53]

　　梁启超曰：造成今日之老大中国者，则中国老朽之冤业也；制出将来之少年中国者，则中国少年之责任也。彼老朽者何足道？彼与此世界作别之日不远矣！而我少年乃新来而与世界为缘。如僦屋者然，[54]彼明日将迁居他方，而我今日始入此室处。将迁居者，不爱护其窗棂，[55]不洁治其庭庑，[56]俗人恒情，亦何足怪？若我少年者，前程浩浩，后顾茫茫，中国而为牛为马为奴为隶，则烹脔棰鞭之惨酷，[57]惟我少年当之。中国如称霸宇内、主盟地球，则指挥顾盼之尊荣，惟我少年享之。于彼气息奄奄与鬼为邻者何与焉？彼而漠然置之，犹可言也；我而漠然置之，不可言也。使举国之少年而果为少年也，则吾中国为未来之国，其进步未可量也；使举国之少年而亦为老大也，则吾中国为过去之国，其澌亡可翘足而待也。故今日之责任，不在他人，而全在我少年。少年智则国智，少年富则国富，少年强则国强，少年独立则国独立，少年自由则国自由，少年进步则国进步。少年胜于欧洲，则国胜于欧洲。少年雄于地球，则国雄于地球。红日初升，其道大光；河出伏流，[58]一泻汪洋；潜龙腾渊，鳞爪飞扬；乳虎啸谷，百兽震惶；鹰隼试翼，风尘吸张；[59]奇花初胎，矞矞皇皇；[60]干将发硎，[61]有作其芒。[62]天戴其苍，[63]地履其黄；纵有千古，[64]横有八荒；[65]前途似海，来日方长。美哉我少年中国，与天不老；壮哉我中国少年，与国无疆！

"三十功名尘与土，八千里路云和月。莫等闲、白了少年头，空悲切！"此岳武穆《满江红》词句也。[66]作者自六岁时即口授记忆，至今喜诵之不衰，自今以往，弃，"哀时客"之名，[67]更自名曰："少年中国之少年"。作者附识。

**【注释】**

①本篇选自《饮冰室合集》第一册。写于1900年，发表在《清议报》，作者时在日本。　②恶(wù)：感叹，表示不同意，《孟子·公孙丑上》："恶，是何言也！"　③瘠牛：老瘦之牛。　④乳虎：初生之虎。　⑤泼兰地酒：即今译音白兰地酒。　⑥死海：西南亚之大咸湖，在约旦与巴勒斯坦之间。潴(zhū)：积水之处。　⑦"浔阳江头琵琶妇"六句：此六句概括唐白居易《琵琶行》诗意。其诗有云："浔阳江头夜送客，枫叶荻花秋瑟瑟。""老大嫁作商人妇。商人重利轻别离，前月浮梁买茶去。去来江口守空船，绕船明月江水寒。夜深忽梦少年事，梦啼妆泪红阑干。"此用商人妇老大伤悲来比喻中国。浔阳，今江西省九江

市。其中"洛阳尘中"云云,非白诗所有,似兼用王维《洛阳女儿行》诗意。 ⑧"西宫南内"六句:此六句概括白居易《长恨歌》诗意。其诗有云:"西宫南内多秋草,落叶满阶红不扫。梨园子弟白发新,椒房阿监青娥老。"西宫,即太极宫。南内,即兴庆宫。唐玄宗由蜀返京,先居兴庆宫,后移居西宫。又元稹《行宫》云:"寥落古行宫,宫花寂寞红。白头宫女在,闲坐说玄宗。"此白头宫女闲坐而说玄宗,似亦"白发宫娥","谈开元天宝间遗事"之所从出。霓裳羽衣曲,唐开元天宝间宫廷舞乐。 ⑨"青门种瓜人"四句:此用汉初召平事。召平本为秦东陵侯,秦亡后为布衣,在长安城东南门(亦称青门)外种瓜。瓜味甜美,人称东陵瓜或青门瓜。"左顾孺人"二句又兼用江淹《恨赋》中"敬通见抵,罢归田里,闭关却扫,塞门不仕。左对孺人,右顾稚子"句意。此言冯敬通(衍)罢归田里之日,与召平种瓜之时,回忆过去的往事,都不免老大伤悲。孺人,妻子。孺子,小孩子。侯门似海,言往日居处之富丽。珠履杂遝,言当时贵客之多。⑩拿破仑:此指法兰西帝国国王拿破仑第一。他于1795年进攻意大利、奥地利、埃及等国,1840年即帝位,称霸西欧。1841年反法联军攻陷巴黎,他被流放于地中海的厄尔巴岛。厄蔑:即厄尔巴。 ⑪阿拉飞:当作阿拉比(约1839—1911),埃及民族解放运动的领袖。1881年发动政变,1882年领导起义军抗击英军。战败,被流放锡兰(今斯里兰卡)。 ⑫拍案:拍案而起,此言尚思振作。 ⑬抚髀(bì):抚髀而悲,此言自伤老之将至。《三国志·蜀书·先主纪》引《九州春秋》:"备住荆州数年,尝于表坐起至厕,见髀里肉生,慨然流涕。还坐,表怪问备,备曰:'吾常身不离鞍,髀肉皆消,今不复骑,髀里肉生。日月若驰,老将至矣,而功业不建,是以悲耳。'"髀,大腿。 ⑭揽镜:指见白发而确知老矣。 ⑮墟墓:丘墓。 ⑯拏云:比喻志向高远。李贺《致酒行》:"少年心事当拏云。" ⑰回天:比喻权势之大。《后汉书·梁冀传》称梁商"协回天之势"。 ⑱挟山超海：比喻用大气力。《孟子·梁惠王上》："挟泰山以超北海。"
⑲畴昔：往日。　⑳郅治：即至治。　㉑康乾间之武功：指康熙、乾隆年间国力强大，曾用兵于新疆、西藏等地。　㉒烜赫：指声威盛大。　㉓良辰美景赏心乐事：比喻难得的幸福。谢灵运《拟魏太子邺中集诗序》："天下良辰美景赏心乐事，四者难并。"　㉔"今日割五城"二句：比喻受制于敌。苏洵《权书·六国》："今日割五城，明日割十城，然后得一夕安寝，起视四境，而秦兵又至矣。"　㉕十八省之土地财产：清初全国分为十八省，此指全国。　㉖兆：百万。　㉗注籍之奴：古之奴隶，姓随主人，列入主人户籍。　㉘老大嫁作商人妇：白居易《琵琶行》句，参见注⑦。　㉙韶光：指青春。　㉚楚囚相对：《世说新语·言语》："过江诸人，每至美日，辄相邀新亭，藉卉宴饮。周侯中坐而叹曰：'风景不殊，正自有山河之异。'皆相视流泪。唯王丞相愀然变色曰：'当共戮力王室，克复神州，何至作楚囚相对！'"楚囚：本晋人所献楚俘，后泛指囚犯。　㉛发发顾影：指孤立无偶，顾影自怜。　㉜"人命危浅"二句：语见李密《陈情表》，言生命垂危。　㉝澌灭：灭掉。　㉞官支：器官，四肢。　㉟文武成康：周之文王、武王、康王、成王。文王、武王皆开国之君，古称圣王。成王、康王为继世之君，史称"成康之治。"　㊱幽厉桓赧：厉王暴虐，曾被国人流放于彘（今山西霍州市）。幽王宠褒姒废申后，申信与犬戎联合攻周，幽王被杀。桓王、赧王皆东周末代之君，时当战国，名虽名王，国实小弱。　㊲高文景武：汉之高祖为开国之君。文帝、景帝休养生息，史称"文景之治"。武帝时期国势最盛。　㊳元、平、桓、灵：元帝、平帝皆西汉末代之君。桓帝、灵帝皆东汉末代之君。　㊴玛志尼（1805—1882）：罗马帝国灭亡后，意大利受法、奥等国侵凌，玛志尼创"少年意大利同盟"起事，失败，亡命瑞士，又组新党，坚持民主革命，遂完成意大利的统一事业。他与加里波地（1807—1882）、喀富尔（1810—1861）并称意大利三杰。　㊵土地隶于

教皇：罗马帝国灭亡后，意大利国土分崩离析，1815年以后受奥国控制。　㊶能令公少年行：此诗见《龚自珍全集》第九辑，写于1821年。其中有句云："公今言愁愁无终，公毋哀吟娅姹声沉空。酌我五石云母钟，我能令公颜丹鬓绿而与少年争光风。"谓虽年老，不可忧愁哀吟，而要饮酒高歌，与少年争雄。　㊷八股：八股文，明清考试的文体。　㊸白折：清时试卷之一种。康有为《广艺舟双楫》："应制之书曰分二种，一曰卷，应殿试者也。一曰白折，应朝考者也。"　㊹手本：清代门生见座师、下级见上级时所呈的名帖。有书官衔者，有书履历者。　㊺喏(rě)：古人见面相揖时口头致敬的颂词。　㊻卿贰：卿为清代中央各部级的长官，贰为副职。监司：清代通称各省的布政使、按察使及各道的大员为监司。　㊼畀(bì)：给予。　㊽红顶：清代官员帽顶饰以红绢。花翎：以孔雀翎缀于帽顶。此为五品以上官员所戴者。　㊾中堂：此称宰相。清大学士位同宰相，亦称"中堂"。㊿三头两省：闽越方言，即三两省。　51奉申贺敬：奉献礼品。52走无常：值勤的勾命鬼。当时迷信，无常为阎王殿下专司勾取灵魂的差役。　53未及岁而殇：不满一岁而夭折。　54僦(jiù)：租赁。55窗枨：窗户。56庭庑：宅院。57烹商棰鞭：此指烹、剐、鞭、杖等刑。58河出伏流：指黄河发源之前，伏流地中。见《水经注·河水》。59吸张：聚散。60奭奭皇皇：形容光彩盛大。扬雄《太玄》："物登明堂，奭奭皇皇。"61干将：传说古代宝剑名。发硎：谓刀刃新磨。《庄子·养生主》："而刀刃若新发于硎。"硎，磨刀石。62有作其芒：即发光芒。63"天戴其苍"二句：即天苍地黄。64千古：此言历史悠久。65八荒：此言地域广阔。66岳武穆：岳飞，武穆其谥号。67哀时客：作者笔名之一。

**【品评】**

这是梁启超一篇著名的新体政论文章。文章力辟"老大中国"之旧说,而另立"少年中国"之新解。列举史实,说明中国并非"老大"。谓之"老大",乃是把中国看作"过去之国";谓之"非老大",则是以中国为"未来之国",文章鲜明地提出:"我中国畴昔岂尝有国家哉? 不过有朝廷耳。"并且指出:"朝也者,一家之私产也;国也者,人民之公产也。朝有朝之老少,国有国之老少。朝与国既异物,则不能以朝之老少而指为国之老少明矣。""然则吾中国者,前此尚未出现于世界,而今乃始萌芽云尔。"这样的提法,在那时的中国读者看来,自是非常新颖的。作者当时虽是改良主义者,但他也曾受到资产阶级民主革命的影响。他的这些言论,是超出了改良主义的界限的。

文章对于"老大帝国"的腐朽的方面,抨击亦甚有力。列举当时"握国权者"之"老朽",说这些人:"非眼盲,则耳聋;非手颤,则足跛。""彼其一身饮食步履视听言语,尚且不能自了,须三四人在左右扶之捉之,乃能度日,于此而乃欲责之以国事,是何异立无数木偶而使之治天下也!"这对于清末腐朽政权之分析,相当形象,也相当透辟。这样的文章,揭之报刊,是很有鼓动性的。

作为新体文章,一反盛行于当时的"桐城义法"。出语不求"雅洁",也不讲"言之有序",而是"杂以俚语、韵语及外国语法",鱼龙混杂,泥沙俱下。正如作者所说,这样的文章,时人是会看作"野狐禅"的。然而也正因此,才"别有一种魔力"。